祁智"芝麻开门"成长书系
祁智 著

一星灯火

江苏凤凰少年儿童出版社

作者介绍

祁智，凤凰出版传媒集团编审，国家有突出贡献中青年专家。

做过中学教师、班主任，搞过教育科研，当过记者，后从事图书编辑和出版管理工作。

江苏省作家协会副主席，江苏省"德艺双馨"中青年文艺工作者，江苏省"书香江苏"形象大使，江苏文艺"名师带徒"计划名师。

有《芝麻开门》《小水的除夕》《二宝驾到》《沿线》《奶牛阿姨》《告诉你一个秘密》《弦歌》等文学作品六十余部出版。

作品曾获中宣部"五个一工程"奖、冯牧文学奖、陈伯吹国际儿童文学奖、江苏紫金山文学奖等。

多部作品被改编成影视剧，并被翻译成英语、日语、德语、印地语等文字出版。

想一想吧，
在漆黑的夜晚，
什么都看不见，
只能听到自己的呼吸，
这时候有一星灯火。

目录

一星灯火 …………………… 001

童年·故乡 …………………… 011

少年,少年 …………………… 022

老家,老家 …………………… 036

四季 ………………………… 051

埭上人家 …………………… 059

十字街口 …………………… 066

车站 ………………………… 072

车站饭店 …………………… 078

浴室 ………………………… 084

理发店 ……………………… 089

生猪收购站 ………………… 096

学校 ………………………… 102

看电影 ……………………… 107

天赐芦苇 …………………… 113

四月 ………………………… 120

拼死吃河豚 ………………… 127

芋头里的滋味 ……………… 137

倒立行走 …………………… 143
考试 ………………………… 150
想当警察 …………………… 158
你好,派出所 ……………… 171
祁氏之后 …………………… 184
读书趁早 …………………… 191
我就在书中等你 …………… 197

我贪婪写字的感觉(后记) …… 212

一星灯火

我从南京禄口机场搭乘汉莎航空 LH781 航班,经德国法兰克福转机去英国伦敦。

我出国并不是第一次,但此行的心情不同寻常。我是去参加第 44 届伦敦国际书展。在那里,《小水的除夕》英文版将举行首发式。

《小水的除夕》是我 2014 年创作的长篇儿童小说。小说的背景是二十世纪八十年代初的老家西来。老家注重文化建设,约我写了长篇散文《老家西来》。《老家西来》出版后,老家夸奖我:

> 埭上人家,河汊,芦苇,无一处不是风景;人物,民情,无一处不是故事。这是一个作家笔下的老家,世俗的,道德的,悲悯的,弥

漫着风尘、稻香和亲情的老家。这也是所有西来人的老家,追远的,感受的,展望的,濡染着风霜、泥香和理想的老家。祁智以敬畏之心,写西来先民开创的艰辛;以赤子之情,写对西来老家的深爱。他是以字为文,也是以文作画写诗、歌咏时代。

老家又约我写一部报告文学《西来人》。我采访了,也动笔了,但总觉得行文不顺利,究其原因是我采访不深入。

"我写一个长篇小说吧,就写西来。"我说。

《小水的除夕》完成很顺利。出版之后,反响很好,并在当年获得包括全国"五个一工程"奖在内的众多奖项。英文版权随即卖出,英文版首发式被确定为 2015 年伦敦国际书展重要活动之一。

当地时间 13 号深夜,我到了伦敦。

天一亮,我就赶去伦敦西区 Earls Court 展馆。

伦敦国际书展展馆的门脸不大,而且朴实无华,但进门之后,熙熙攘攘,气象万千。伦敦国际书展创办于 1971 年,每年 4 月在伦敦西区 Earls Court 展馆举行,历时 3 天。有 1400 多个参展商参加全球书业最重要的春季盛会。

上午 11:00,首发式准时开始。伦敦书展总

监Jacks女士来了,英国最大的中文图书馆——查令阁图书馆中文馆长李弃予女士来了。

我发表了《一星灯火》的演讲:

我小时候喜欢在夜里走路。我并不是一个胆大的孩子,我其实胆子很小。我想说的是,我喜欢走夜路,其实是喜欢在夜里看到一星灯火。

想一想吧,在漆黑的夜晚,什么都看不见,只能听到自己的呼吸,这时候有一星灯火。

这一星灯火,可能来自家里的窗口,可能来自其他夜行人,也可能来自头顶的天空。

当然,也可能是我手上提着的一盏灯。

漆黑的夜晚,什么也看不见,这时候有一星灯火。多么神奇,多么令人兴奋,多么充满诗意。

我的眼前立刻明亮了,心里立刻踏实了。

我想,文学就是光芒,照亮着每一个走路的人。

而儿童文学,就是我童年和少年时代夜行时看到的一星灯火,让每一个开始走路的人,不寂寞,不害怕,有希望。

现在,我在英国。英国已近中午,我的祖

国正是华灯初上。而当我的祖国正午,英国却是暮色降临。

这个世界就是这样神奇。

我提着一盏中国少年的灯,来到英国。

如果英国的少年朋友,甚至已经走过少年的英国朋友们,能看到这一星灯火,那将是我的荣幸。

我想,我能获得这一份荣幸,因为我们在同一个世界行走。

我的演讲,借助联合国翻译之口,获得了阵阵掌声。

临去英国,主办方要我准备一篇发言稿。我不假思索,写成了《一星灯火》。

我小时候确实喜欢走夜路。因为只有走夜路,才可以看到一星灯火——天上眨眼的星光,窗口如豆的灯光,夜行人嘴边燃烧的烟头,萤火虫背着的亮,甚至一抹流星,甚至只见光点移动、听不到声音的高空飞机。

灯光,哪怕是最微弱的,也让我心里踏实,温暖。

不敢想象,在漆黑的夜,没有任何光亮。

我演讲的时候,看着面前聚集的人,西方的脸,东方的脸,神思飞跃。我想到了聚沙成洲的故乡,想到了列祖列宗,想到了父老兄弟。当亲人在故乡的土地上含辛茹苦的时候,我在遥远的地方,为故乡歌唱。

我,是不是第一个在英国用文学的方式,提及老家西来的人?

西来!

我的老家在土桥十八圩(现西来桐村),与西来街隔河相望。我生下来就是12斤,这在当时是一个大新闻。听母亲说,很多与母亲同龄的母亲喂过我奶。我在西来街上走,确实有几位母亲一般年纪的人说喂过我。

"是小兴啊?我喂过你奶呢。你啊记得啊?"母亲一般年纪的人说。

"你为难小兴哦。"另一个母亲一般年纪的人说,"他怎么记得?他还吃奶呢,记不得的。"

再一个母亲一般年纪的人说:"那么大一个胖小子,好耍子呢。我舍不得给我儿子吃奶,也要喂你。"

"长这么大了,这么有出息了。"还有一个母亲一般年纪的人说。

"呵呵呵呵……"我不知道说什么好,只是幸福、甜蜜、羞涩地笑着。

"小兴"是我的小名、"曾用名"。父亲师范学校毕业,分配到兴化工作。母亲在兴化怀了我,

我就叫"小兴"了。上初中,才改名"祁智"。

我在英国的日子,英国少见的艳阳高照,天空一碧如洗,毫无"雾都"的影子。在灿烂的阳光下,我一遍遍向客人介绍老家西来,介绍西来的位置,介绍西来的风土人情。

我在《老家西来》中,这样介绍我所理解的"西来"——

西来隶属于靖江。远古,这里是大海。后来,海口东移、长江东进,这里江水滔滔。后来,一座独峙的小山,凸出江面。后来,江潮冲刷,山脚下渐渐隆起一块块沙洲。后来,沙洲连成片,成了陆地。

——在今天看来,"后来"像闪电一样快捷,其实包蕴绵长而辽阔、复杂而艰难的时空转换。

这片陆地,最早的人烟出现在三国时期。明嘉靖三年(1524年),靖江曾出土一块断碑,上面隐约可见几句碑文,其中一句是"此沙为吴大帝牧马大沙",吴大帝即孙权。这里荒无人烟,但水草丰茂,做了孙权部队的牧马场。

关于靖江诞生的传说,从此与马有关,比如"马驮沙""骥江"……

那座独峙在江水中的小山叫孤山。孤山是天目山余脉。在距今250万年至7000年之间，它先为海中孤礁，后为江中孤岛。明弘治元年（1488年），它正式登陆，成为靖江最早的陆地，成为苏中平原的制高点。明代起，孤山就建有寺庙祠殿、梵林僧阁。每逢农历三月三庙会，商贾云集，百货纷呈。

孤山不孤，八面来风。登高远眺，长江如带，从南环靖江，舒缓地向东北而去。

靖江的形成由孤山引起。靖江不仅年轻，并且在不断生长。当靖江的一部分已经成熟，田野阡陌，屋舍陈列，鸡犬相闻，靖江的另一部分还在孕育、成长之中。

大江东去，泥沙一点点从西向东而进。"西来"——这个充满动感与空灵的名字，和土地一起诞生了。

西来！

西来在人们的口语交际中，还有一个名字：西来庵。

"西来庵"的"庵"，听读音很容易被误解为"岸"——西来岸。当做"岸"并非没有道理。水乡泽国，围圩造田，筑坝挡水，建岸行人，理所当然。

但是，落实到纸上，写成的却是"庵"。这

说明,西来的由来,与佛教有某种联系。

据清光绪年间编撰的《靖江县志》记载:西来城隍庙建于乾隆年间,是靖江最大的城隍庙。深究下去,结论会让人大吃一惊——历史上,西来街自南向北,有西来庵、城隍庙、文昌宫、火星庙、都天庙、关帝庙、紫竹庵。

西来,这弹丸之地,历史上竟有两庵、四庙、一宫。

为什么?

据1991年版《靖江县志》记载,明洪武二十年(1387年)至1987年这601年中,靖江共发生较大灾害402次,平均每三年两次。

靖江襟江临海,水灾为第一大患,其次为风灾。此外,旱灾、雹灾、寒潮、蝗灾、疫病不断。

灾害如此频繁,极为罕见。

考察靖江这块土地的形成,就不会奇怪灾难为什么频繁发生。如同地球诞生初期地震频发、火山频喷一样,靖江由海入江,从江上岸,地势和气候也有从极端不稳定到逐步稳定的过程。

靖江是从水中长出来的。靖江就像一匹置身万里江涛的骏马,昂着倔强的头颅,万年泅渡,一定要上岸!

西来也是从水里长出来的。西来,在伟大的泅渡中,是骏马嘴边的一丛芦苇,或者一片青草。

陆地顽强向东,江水当然不会轻易后退。一次次风起云涌,一次次江水反扑。每一次反扑,都是汪洋遍地——清代之前,长江靖江段还没有江堤。

蝗虫趁乱而来,疫病尾随而至……

这块土地的先民,一方面以自己的力量与灾害抗争,一方面在无助的时候,祈求上苍,保佑这块从西而来的土地,风调雨顺。

建造庙庵,既是先民的一种精神寄托,也是先民的一种狡黠。老天爷可以不怜苍生,让房屋被一次次掀翻、倒塌,总会给佛祖的庙堂一个面子吧?

于是建造庙庵,团聚生民。

庙宇落成,香火袅绕,晨钟暮鼓。先民们在虔诚的叩拜中,心里有一种从云端踩到地面的踏实。

我佛西来!

那些与我们不同肤色的人,对我神奇的故乡惊讶不已。他们的手指和目光一起,在地图上缓缓摸索,从右向左、向左、向左,一直到中国,到长

江，到江苏，到泰州，到靖江……

而我，在夜深人静的时候，格外想念祖国，想念家乡，想念故乡的亲人。许多平时不曾有过的感受，也如同故乡雨后的春笋凸现，或者像故乡长江的春潮涌动。

十天之后，我又搭乘汉莎航空航班回到南京。一踏上熟悉的土地，我忽然想到，我或许就是一盏灯？那哺育我、滋养我的奶水，就是源源不竭的灯油。

童年·故乡

我写作不会闭门造车,需要生活。写《芝麻开门》,我到几十所学校了解情况,到孩子们中间去听他们讲故事。写《小水的除夕》,不需要去了解,因为这就是我经历的生活。如果说《芝麻开门》写的是"他们",《小水的除夕》写的是"我们"。"我们"与"他们"似乎不同,其实是一致的,都在"童年"里。

童年不是一个年龄概念,而是一个伟大的核:天真快乐,调皮捣蛋,无法无天,无"恶"不作。

我始终没有忘记"童年"这个核。我把这个年龄段,定位在"半梦半醒"之间。

比如大槐树上的大鸟。大鸟确实存在过。当时我在田野里追野兔子,忽然,一只大鸟飞过,翅膀留下一片滑动的阴影，一阵风让我的头皮和脖子一冷。我当时看傻了，好久才清醒过来，疑惑地问自己：刚才那是真的吗？如果是真的，那么大鸟去了哪里、住在哪里？如果不是真的，那刚才掠过去的是什么？如果我坚持认为真，却又无法证明其真；如果我认为不真，阴影和冷风是怎么回事？

"真"与"不真"，在相当长一段时间内纠缠于我。这也是一种真。

我童年生活的环境，一如《小水的除夕》所描写的：民风淳朴，乡亲厚道，家教严格。我出生时重达 12 斤，吃百家奶。长大后，我走在街上，好多和妈妈同年纪的婶婶都说喂过我奶。这是民风。有一年招兵，全村人举荐一个青年，理由是他家太穷，让他出去有一个活路。这是厚道。我曾经因为在来客面前，表示了对招待客人的鸡蛋的垂涎，事后被父母逼得跪笤帚。这是家教。

《小水的除夕》要出澳大利亚版。版权方要求提供西来街示意图，便于外国读者了解中国的乡镇。我找来我曾经描述西来街的文字，交给美术编辑——

西来以西来街为基本骨架。

很早以前，西来集镇分南市、东市和西市

三部分。全镇四周都有河道,河上有木桥与村埭沟通,宛若周庄。后来,西来街在此基础上,逐步发展成由东西走向、南北走向交叉成"十"字的街道。

一条街南北走向,7里长。街中心用8000块2米长、五六十厘米宽的麻条石铺成。更早的时候,街道两边各有3米宽的凉篷,5里路长,既可遮雨,又可挡阳,南北相通,户户相连,形如长廊,十分壮观。可惜,后来凉篷撤除了。

这条街的南半段,也就是南市,最早商铺林立,一派繁华。南市东西两面共有6个弄,是农民赶集的出入通道。东面分别为四圩弄、五圩弄、六圩弄和七圩弄,西面分别为祁家弄和殷家弄。6个弄各有一座桥沟通农村。十字街形成后,基本上是民居,间杂着银行、照相馆、药店、医院。

北半段,也就是北街,有民居,也有一些店铺,比如理发店。

一条街东西走向,短一些。

这条街的西半段,最早向西北的如皋方向延伸,形成西市和东市。那里船行通畅,货来货往,是贸易集中地。后来,西街基本形成政治、文化中心,有文化站、图书室。最西面是公社机关所在地,公社大院里面有大会堂。这半段街道要宽一些,可以放露天电影。

这条街的东半段,最早属于七圩埭。后来江平公路由南而北,将七圩埭截断。公路东边还是七圩埭,公路西边成了东街。东街有一些店铺,比如螺丝厂、煤球店,还有派出所。这半段街每天早晨都很热闹,是露天集市。

十字街口是最繁华的地段,那里有百货店、日杂店。爆米花也在十字街口,因为那里空旷,可以容得下大动静。

南北走向的街,街东和街西各有一条河。

街东的河,向南连着由东而来、向南而去的永济港,潮涨潮落。潮来的时候,气势凶猛,似乎"呼"的一下,水位就高了;潮去的时候,也很利索,眨眼工夫水就平息。这条河,小型船只可以来往,运送黄沙、砖石,或者油盐酱菜醋。

街西的河与街东的不同。这条河一直向南延伸,通芦泾港,曾经行过大船。最早,河港没有闸门,一旦涨潮,水汹涌而至,以至河堤不断加高。大潮汛的时候,船在人头顶的高度行驶。后来,芦泾港那里安了闸,这条河水势变得温柔，来去悄无声息。因而水清如镜，可以洗濯、饮用。加高的河堤逐渐削平，泥土填了洼地。

西来在靖江东北部，一条由石子铺成的江平公路，把西来与县城相连。这条公路与南北街平行。在街与公路之间，最北边有酱菜厂，依次向南有小学、标准件厂、粮管所。

永济港直直地从南面过来，在粮管所那里拐弯，再直直地向东面去，直抵长江。街东的河，就在这里连着港。

所谓港，是介于河与长江之间的大河。靖江河汊纵横，但都不通江，而是通港，港再通江。港就像大动脉，河就像血管。

永济港因为向东而去，把从县城来的公路切断了，于是有一座水泥桥。桥北的公路东边，是生猪收购站；桥南的公路西边是中学，东边是油米加工厂。

南北走向的街与公路有两个连接点，一个是东街，另一个在六圩弄。六圩弄有一条路向东，与东街平行，连接公路。在这个连接点上，公路的东边是汽车站，西边是车站饭店。

公路从汽车站向北3里地，就是靖江与如皋的界河。界河东西走向，东入长江，西至季市。河上有一座桥,桥北是如皋。桥北一条公路,向西去泰兴、海安,向东到平潮、南通。

西来的格局是大气的。

不少地方的集镇,以公路为主干,看似依势而建,街道也宽,但随着交通发展,街道成了通道。车来车往,不仅把街道分割为二,即使面对面,也可望而不可即,既缺乏安全感,也被喧闹所困扰。一旦公路需要拓宽,整条街都要后移,等于自毁。

不少地方的集镇,远离公路,看似自成一局,相对宁静,但进出不便,交通的优势得不到利用。

西来街却是得了两者的长处。

西来街的东西街短。这样,镇子距离公路不远,公路带来的优势可以尽占,方便进出。东街连接公路,集中了市场和工厂。因为白天人员多杂,晚上人烟稀少,所以派出所设在东街。

西来街的南北街长。街道与公路平行,所以无论怎么南北延伸,与公路总保持在一定的距离之内,便于规模的随时发展。

在很少出门的年代,不远处过往的汽车,会给居民带来对远方的遐想。尤其是到了晚上。乡村的夜晚漫长、死寂,偶尔的一声鸣笛,引起几声狗吠,这夜晚就踏实而生动了。

公路因为不要承担街道的功能,可以轻松地从镇子东边穿过。这样既不影响将来公路的拓宽,也还有空地做车站的停车场。

所以,西来汽车站是一个大站,每天都有发往南京、上海、无锡和苏州等地的长途班车。路过西来上下客的长途客车,班次更多。

看上去文字不少,叙述也挺复杂。但只要随手勾画,西来街就会跃然纸上。其实,中国的乡镇看上去都很简单,深入进去,才会领略无穷的韵味,错落有致,鸡犬相闻,生生不息。

我花了一些笔墨写小镇风情,写乡村风光。我这样做,既是想通过文字,能保留一些已经飞逝的乡镇影像,也是为了突出"故乡"这个概念。

生活在今天的孩子,基本上没有"故乡"了。这不怪他们,他们的家乡几乎千篇一律:城市高楼耸立,哪座城市都似曾相识;即使农村,也整齐划一。故乡不是一个简单的辞藻,是由一个个特别、具体的物象构成的。随着他们长大,他们很难有故乡情结,更不会有难以排遣的乡愁。我不知道这是现代化进程的必然,还是心路历程的

悲哀。

我留不住故乡，但我能让"故乡"留驻。而当我写到"故乡"的时候，耳边会情不自禁地响起德沃夏克《第九交响曲》中的《念故乡》：

> 念故乡，念故乡，故乡真可爱。
> 天甚清，风甚凉，乡愁阵阵来。
> 故乡人，今如何，常念念不忘。
> 在他乡，一孤客，寂寞又凄凉。
> 我愿意回故乡，再寻旧生活。
> 众亲友聚一堂，重享前乐。
> ……

故乡在故乡。

故乡青丝如墨，站在埭头的树下，手搭凉棚，眺望远方，目光凄迷；故乡白发苍苍，站在镇上的车站，数车来车往，念念有词，怅然若失。

《小水的除夕》中的孩子不是生活在真空里面，也不会横空出世。他们的生活背景，一是镇上乡下，另一个是成年人。乡风民情对他们的成长起着决定性的影响。民风向恶、百姓凶悍，很难让孩子善良、宽容和美好。所以，我让孩子们参与到成年人的世界当中，融入到乡风乡情里面，让孩子们既有来路，也有去处。他们身心是成长着的,而成长的趋向从善、向上。

我的办公室在闹市区一座大楼的28层。忙完工作,一般都到深夜了。我泡一杯清茶,在半空中写我的《小水的除夕》。

我写娇憨的男孩子小水的时候,满心温存;我写小水对小麦或者郭敏珍朦胧美好的情感的时候,会心一笑。我还写到刘锦辉的奔跑,写到熊一菲上直升机,泪流满面。我不忍心让孩子面对磨难、困苦,但我又不得不按生活的原样书写。生活如此,人生如此,重要的是如何面对。当大雪飘扬,覆盖一切,世界安详而温馨。既然该经历的必须经历,那么该来临的一定会来临。即使乌云密布,生活也不全是乌云,而希望就是那天际的一隙亮光。

我为《小水的除夕》的出版,写了一篇"后记"——

我出生时的体重是12斤。在我能叙事的时候,我说起这个数字,无人相信。但是,知道或者相信这个数字的人,不需要我叙述。他们是我的乡邻和亲人。

今天,我走在故乡的街上,还有妈妈这个年纪的人,对我说,喂过我奶。"我喂过你奶。"从小至今,这句话如影随形。说这话的人,有着所有女性的慈爱,也免不了乡下女人的遭遇。很多年前,我听到这样的话,断然拒绝。她们的奶,我不可能吃,如果吃,至少是被迫。现在听到这样的话,我油然而生羞涩。我甚至心生渴望,昔日重来。但是,这是一个妄想。"我喂过你奶。"今天还能对我说这话的人,在世的已经稀少。她们渐渐静止,一动不动,而我渐渐老来。

我无意书写我的故乡。我不是不想,我是不敢。再好的文字,也留不住物象的故乡;精神层面的故乡,却只能用来膜拜。因此,《小水的除夕》不是关于故乡的故事,是一个少年和伙伴的故事。他们的故事,随意展开。街道,屋舍,天空,田野,河流,道路,禾苗,杂树,狗,羊,鸡……是故事的背景,也是组成故乡的必备的、最简单的元素。背景之上,故乡如风,少年如歌。

有人说,小水是我。我多么希望是真的,可惜不是。小水在家常一样的腊月和除夕驻足,我怎么也不可能回到小水身边。夜深人静的时候,我写着小水和他的伙伴,想着遥远的故乡和飞逝的岁月,经常眼眶湿润。我摸着自己问:那个生下来就是12斤、被很多妈妈喂过奶的少年呢?他到哪里去了?

是啊,"小水"到哪里去了呢?小水不在闹市区高楼的 28 层,小水在《小水的除夕》里。小水的除夕,那段时光是一个注定,天真而永恒。

　回过头,看我们过去的岁月,不见繁华喧嚣,只见郁郁葱葱,即使有过的风云也已经繁星点点。今天的我们在节假日去踏青,去乡野,寻找心灵的栖息之处。我希望大家还有一个去处,到书里去。如果大家碰巧读到《小水的除夕》,那是我莫大的幸运。

少年,少年

游　泳

　　我的老家虽在长江北岸,但不缺江南的格局:河汊纵横。河汊里的水,都是活水,互相联通又都接长江,因此潮涨潮落;河汊里的水,都是好水,能映出岸上的人和树,能映出人和树上方的天。

　　一个地方有这么多的水,真是天大的幸福。水里有鱼虾,有菱盘,如果愿意,能把一条小船左一条河、右一条汊地划到长江去。在河汊与河汊之间,是大块大块的农田,旱了抽水,涝了排水。所以,老家虽在江北,却是地道的鱼米之乡。

我小时候的调皮是出了名的,什么事不让做,我偏要做什么,而且是带着小伙伴们一起做。因此,我很小的时候就成了"孩子王",率领比我小的、和我一样大的、比我大的一帮兄弟姐妹四处游荡,为所欲为,以至于大人们说我们是"日本鬼子进村"。

我们当然不会放过门前屋后的水。只是我们没到可以下河的年龄,而且每年都有比我们大得多的人被淹死的消息传来,所以,大人们对我们看管得很紧,不许下河是一条死命令。我们多么羡慕那些像鱼一样在水里自由往来、出没的大人们啊,我们多么希望能亲手捞鱼摸虾让它们成为桌上的一道菜啊!可是我们只能在岸上待着,像岸上的一群小鸡,眼巴巴地看着一河的鹅鸭。

不会游泳真是要命的事,许多事因此就不能做。而且,学游泳一般是在夏季,错过了等于荒废一年。大人们也许考虑过是不是让我们下水,但万一有个三长两短,后悔可来不及。我们也想过是不是偷偷地下水,但我们不想淹死了被大人痛哭一场埋到地里。我们能做的只有等待:明年!明年就可以了!

有一天,中午,天热得连知了也不肯叫了。妈妈忽然问我想不想学游泳。我说想。妈妈做了一个不要声张的脸色,带我从后门出去了。门后不远就是河,白亮亮地躺在毒辣辣的太阳下。我忽然泄了气,游泳是要人教的,可河边空无一人,而妈妈又不会游泳!这时候,妈妈像变戏法似的从身后摸出一根绳子,一头捆在我腰里,一头抓在她手上。我如同憋了许多天没有下水的小鸭子,"扑通"一声就跳进了水里。妈妈蹲在河边,看我手脚乱动,我吃力了或者危险了,就一拽绳子,把我拖到岸边。

现在想起来,当时妈妈让我学游泳可是"大逆不道",因为家里再穷,孩子总是金贵的,不到学游泳的年龄就下水,河汊纵横就可能是处处灾难。但河汊真的是禁不住的诱惑啊,我们万一偷偷下水呢?或者,万一有谁掉进河里,我们不会游泳又怎么去救呢?妈妈不敢开这个口子光明正大让我学游泳,但她毕竟是我的妈妈,了解我的性格,也深知"孩子王"的职责,在我五岁的夏天让我下了水。就凭一根绳子和天天下水,我没用几天就沉不下去了,又没用几天就可以游到河对岸去了……

就这样,我比伙伴们早一年学会了游泳。第二年,当夏天来临的时候,我"扑通"跳进水里,溅起了大家的惊讶,游出了大家的惊呼。于是,许多孩子腰间都多了一根绳子,而他们的"头"成了教练。

《新华字典》

学校要搞普通话朗诵比赛,每个班只能有一个参赛选手。

老师的目光在我和李桂萍之间飞来飞去,最后像蝴蝶一样站在李桂萍的脸上。

我觉得我和李桂萍的水平差不多,闹着要报名。老师没有办法,只好报两个。校领导和其他班没有一点意见,谁让学校普通话最好的两个人集中在一个班呢?

这时候是小学二年级。

我朗诵的是什么题目已经忘记了,只记得是诗,还记得中间有这么两句:"树欲静而风不止,滔滔江河总会有急流暗礁。"李桂萍朗诵的是著名的《为人民服务》。结果李桂萍第一,我第二。我气得把奖品送给了第三——第三名比我还要糟糕,他得的是两分钱一支的铅笔,上面既不能写"奖",更不用说盖章。我不是不能当第二,问题是,第一的奖品是什么?是一本七毛钱的《新华字典》,上面写了一个大大的"奖"字,还盖了学校

的章。我的虽然也写了字、盖了章,可奖品是五分钱一本的练习簿。

我觉得,我的水平真的和李桂萍不相上下。她比我好,主要是因为她是女生,我是男生。而在小学的时候,女生比男生干净、讨喜,声音好听,又好意思做动作,而且还有两根辫子翘在头上。

我当时想,我不可能改变性别,只有在普通话的准确上超过她。于是,我暗暗跟着广播学,后来的老师是一个"红旗"牌收音机。

我不知不觉就把普通话说好了。学校总说要再搞朗诵比赛,总没有搞。但是,我的机会还是来了,学校成立了文艺宣传队,我不仅担任朗诵,还报幕。又因为我当时个子小、脸皮白,动不动就被老师逼着参加"女生表演唱"。我成了宣传队的台柱子,李桂萍虽然也进了队,但渐渐成了一般演员。

文艺宣传队经常要自编节目,小戏最受欢迎。这方面的高手是陈杰老师,他编的戏有唱有说,还有情节。他先是面前什么也没有,一会儿就写了满满一张纸的故事,搬到台上就是戏,一演出就让观众有哭有笑,接着就全是鼓掌和喝彩。

从此,我对编故事产生了浓厚兴趣,觉得这

是世界上最了不起的事情。

当然,我不够资格给队里编戏,只好盼望老师布置做记叙文。我的故事真真假假,有模有样,老师总是先批我的,批完我的就激动地到语文课上讲评。

老师讲评的时候,我故意把头埋得低低的,必须要做出谦虚的样子,其实心里很得意,也有许多幻想。

这一下子就成了良性循环:要编故事就要上作文课,写了作文就等语文课点评,点评之后又要编新的故事……我的作文和语文成绩因此上得很快。

后来,陈杰老师编戏,也要让我做参谋。几个后来的后来,我发表了近三百万字的作品,还在电台、电视台做过三年的节目主持人。

有一次,我回母校,问老师为什么没有再举行朗诵比赛。

白发苍苍的老师朗朗一笑说:"第一名稳是你,就比不出什么意思了。"

于是,我讲了那本豆腐大的、浅绿色封面的《新华字典》的故事。

老师大吃一惊:"是吗?"

冬夜的棉鞋

"快……公、社大、大、大会堂……有、有电影……"弟弟上气不接下气的声音由远而近。

我闻声从灶膛后绕出来,双手大人似的在围裙上擦擦。妈妈每天晚上七点之后才从镇上下班,烧晚饭的事就落到我的肩上。

弟弟正好站到我面前。因为跑得急,他显得很狼狈:棉帽子一只护耳竖着,另一只耷拉着;一只胳膊夹着书包,另一只手提着断了的带子;一只棉鞋系着鞋带,另一只棉鞋带拖在地上。

放学后,弟弟一般不会及时回家,喜欢在外面淘气。我不反对他这样做。村里的同伴都和父母亲、爷爷奶奶在一起,可我的爸爸在外地工作,我们和妈妈过。妈妈总是很忙,顾我们的时间少,更多的时间是我带着弟弟。我觉得,其他小朋友享受到的乐趣,弟弟一样都不能少。而且,他在外面"混",多少能打听到一些事情。

我看看黑下来的天:"你能肯定啊?"

"能的,"弟弟让书包掉在脚边,两只衣袖左右开弓擦了擦鼻涕,"是才拿到的片子,国胜他们说的。我又跑到公社去看了,已经有人去了。"

看电影是大事！我不看可以，弟弟却不能不看，我不想让他第二天在大家说电影里的情节、学电影里的人物的时候，一无所知。我把烧得半生不熟的山芋粥盛到脸盆里，端到屋外一勺一勺地扬起降温。

弟弟每听到有人从门前走过，就要冲到路边，再一次次焦急地冲回来，那松了鞋带的棉鞋几乎是在地上拖："不好不好，荣兴也走了。"

看电影的乐趣，并不完全在电影本身，开映之前，大家可以在主席台爬上跳下地打闹，即使是坐着，也可以吃瓜子、蚕豆，还能趁人不注意把蚕豆当武器砸着玩。我能想象得出大会堂里开心的情景，坚持不住了，放下盆子一声令下：

"走！"

大会堂在公社大院里，是一栋长而高的房子，木板搭成主席台，带皮的木头架在砖头上当凳子。就像一辆能坐四五十人的公共汽车，春运高峰时会装进二百来人一样，能容纳千把人的大会堂在放电影的时候，也能塞进三四千人。大家都恨不得削尖脑袋挤进去，而一旦进去了就懒得再动，外面的人再挤就更加艰难，可再艰难也要进去。

我们矮在人家的胸脯之下，头顶被遮得严严实实，气都喘不过来。我好不容易把弟弟拉到前面,双手尽力推着他前面的人,让他不至于被人挤瘪了。人贴人,我们甚至用不着走,双脚腾空也能向前移动。到门那里挤得更慢更难,人都好像收缩成一片瓦。忽然前面松了一下,弟弟仿佛是被一个浪头卷走了,而我还在门槛上。

我急忙喊:"散场的时候在门口等我!散场的时候在门口等我!"

弟弟在远处扁声扁气地说:"好——"

大会堂里忽然一暗,电影开场了。

我在一个个大人身后,什么也看不见。我看不到无所谓,只担心弟弟是不是能够看到。想到弟弟已经去了前面,心里又存在着一种侥幸。过了一会儿,前面有动静,我感觉是有人在使劲向后挤。

万万没想到的是,拼命挤回来的居然是弟弟。

"我……一只鞋……掉、掉了。"弟弟失魂落魄地说。

我忙问:"哪只脚?"

"这边。"弟弟用力动动左肩。

我想都没想就说:"你把右脚提起来。"

我蹲下身子,顺着弟弟的右脚摸到了鞋子。

"你把鞋子提在手上。"我在底下说。

弟弟不明白为什么,老老实实地服从了。

我接着就向前爬，边爬边摸。地上尽是瓜子壳、香烟屁股，还有许多鼻涕和痰，抓得满手都是。

有些人不知道下面发生了什么事，顺着就踢了我一脚，还有的不知有意还是无意，踩住我的头，使我的嘴贴在肮脏的地上。我不管这些，只顾爬，只顾摸。

我从无数条腿之间爬过去，没摸到鞋，再爬过来，还是没有摸到。我在下面失去了方向，心里想着向哪里爬，实际上不知爬到了哪里。上方全是人，我无法站起来，也不想站起来。只要架木头的砖头一塌，我肯定会被大家坐死，但我一点儿也不害怕，一心想着的只有鞋子。我几次半夜醒来，都能看到劳累一天的妈妈在油灯下扎鞋底、缝鞋帮。妈妈做一双鞋不容易啊，少了一只，另一只就失去了意义，我一定要找到丢的那一只。所以，我叫弟弟把脚上的一只脱下抓住，唯恐我找到了那一只，他脚上的又掉了。

简直无法相信，我终于在电影散场的时候摸到了这只鞋。

我高兴极了。找到这只鞋，妈妈就可以少熬几个夜，多睡一点觉。而且我觉得，为了证明我这个哥哥是管用的，也应该找到这只鞋。

我把这只鞋咬在嘴里，顺着散场的人堆向外

移。弟弟已经被冲出门,在院子里死死地抱着一棵树。巧的是,他也把鞋咬在嘴里。等人走得差不多了,我让他穿鞋子。他一下子瘫在地上。他的双脚被冻麻木了——双脚竟然是光着的。

"你的袜子呢?"我奇怪而紧张地问。

弟弟把长长的两股鼻涕吸进鼻孔,得意地从棉裤袋里掏出袜子说:"在这里,我怕袜子也被踩掉了。"

我猛地抱住了画蛇添足的弟弟。这时候妈妈找我们来了。她像逆水行舟一样,艰难地避开退场的人流,向我们靠近。听了我们骄傲的叙说,她把我们紧紧地搂在怀里。

这一年我不到八岁,弟弟刚六岁。

心上的河流

在一个蝉声四起的中午,一个少年爬上高高的槐树。

槐树向大河中心倾斜着,有力的树枝像一只巨手托举着少年,使他稳稳地悬在河的上面,他的身下是粼粼波光。他的目光穿过树叶,看到太阳从天边升起,又从天边落下;村庄被太阳晒得发黑,仿佛是一个正在午睡的壮年;大河从远处来,再向远处去,它的流动是看不见的……

谁会想到,一个少年会在这时候爬在树上,用他的目光又一次像手一样抚摸田野、村庄和河流?就连机警的蝉也没有发觉,它们仍然起劲地叫着。

这个少年就是我。

也许是因为长久地眺望,我的眼前模糊了。我擦去不知不觉流出的泪水,取出揣在怀中的书。

这是半本写顿河的书,从四十九页突然开始,在二百三十一页突然结束,没头没尾。

七年之后我上大学,才知道它是《静静的顿河》,才知道《静静的顿河》有四卷,也才知道这部书,记载了从 1912 年到 1922 年之间俄国社会的变革,以顿河哥萨克人的生活和命运为背景,广泛地展现了波澜壮阔的内战史诗画卷。

但少年的我不知道,而且以一个乡下孩子当时的阅读经验,甚至分不清谁是好人谁是坏人,只是凭直觉喜欢顿河岸的哥萨克人,喜欢他们的快活和漂亮,喜欢他们的马靴和歌声,喜欢他们那样面对生死……而最让我喜欢的是顿河的景色:

一个很少有的晴朗、寒冷的日子。太阳

向四周射出朦胧的彩虹般的光柱。北风凛冽。草原上，低风卷起积雪，发出沙沙的响声。但是地平线镶边的茫茫雪原却非常明净，只有东方，在地平线尽头的草原上烟雾腾腾，笼罩着一片紫霞色的气……

这只是书中对顿河流域最普通不过的描写。

我的目光停留在书上，神思飞越，对遥远的顿河充满了向往，向往它的辽阔、美丽。与此同时，一股苍凉、悲壮之情悄然而生，随着血液向上奔涌，似乎要冲破我的头顶呼啸而去。

啊，顿河！一个少年，可以读不懂书的内容，却能被书感动。

坐在高高的槐树上，我明白了一次次泪眼蒙眬的原因，那不是因为长久地眺望，而是因为那条充满英雄气概和悲剧气氛的顿河。由此我想到，如果没有这本书，一个中国的乡下少年又怎么会被顿河感动？而它已经感动到一个中国的乡下少年，在此之前它一定感动了无数人。

我在蝉鸣声声的正午，隐约知道了这是书的力量。

我的目光像两片树叶落在大河上。

河在近处白亮，在远处墨绿；青翠的芦苇沿两岸生长，仿佛是一群人急等着上船；小伙伴顺

水而来,躺在水面上,或者扑腾出蓬勃的水花,或者骑在牛背上,而牛把整个身子都沉在水里,只露出黑黑的头、长长的犄角和亮亮的眼睛……

给了我们鱼虾、菱角、游泳的大河,灌溉两岸土地的大河,什么时候,我成为一个作家,能让你蜿蜒在我的笔下,像顿河一样不仅流淌在故乡,也经过书的河道,流淌到四面八方?

七年后,我沿着大河走到扬州,后来又走到南京,成了一个作家。

当有三百多万字陪伴我的时候,我才明白,让家乡的小河闻名得像顿河,是一个少年幼稚的豪情和美好的愿望,真正如愿以偿,又岂是一件容易的事情?

但即使这样,我仍然兴致勃勃地书写属于我的文字,属于故乡的情感。

夜深人静,我的耳边常常蝉声四起,人又如同少年坐到高高的槐树上,此时的大河,就在我的血脉里奔流。

老家,老家

老　家

　　我的老家在靖江市西来镇十八圩。我的大部分亲戚在那里,他们在明晃晃的阳光下播种、收获。本来还有一幢老屋,前几年才拆。
　　1979年,我从靖城考取大学,毕业后分配到南京,家就成了老家,而在南京有了像模像样的小家。时间一长,许多人把我当成南京人。
　　我不是南京人。除了在各式需要填籍贯的表格上填"江苏靖江"之外,逢年过节,都要一溜烟奔回去。我父母也时常叮嘱"有空家来看看"。

靖江，如同最初的港湾，我是划出的一条船。

记得第一次给孩子填表，我在籍贯栏前愣住了。孩子生在南京，长在南京，南京已是孩子彻头彻尾的老家。犹豫之后，我还是填了"江苏靖江"。如果需要，我甚至会填"江苏靖江土桥"。

我想尽量把孩子的根往深处扎，既是要她记住老家，也免得日后寻根而无处着落。人有一个老家，心里总要踏实一些，如同从甲板回到土地上的那种踏实。

有一次，我去广东沿海一带。我惊异于特区发展的规模与速度，也惊异在特区劳作的大多数不是特区人。他们来自五湖四海，说着说着，便是自己的老家怎样。间或有人击节而歌，有人长歌当哭。去机场回南京，我遇到一队海外归来的华人，他们要到黄帝陵祭祖。

都是有老家的啊！

有了老家，就多了一份思念，那种船对岸的情感。

家乡的每一个成就，都让我兴奋不已，而家乡的每一次灾难，即使是一场暴雨，也让我忧心如焚。

现在回老家，都是上沪宁高速，转沿江高速，经过江阴，上江阴长江大桥，下桥即是靖江。

江阴长江大桥，横架长江，北起靖江，南接江

阴。横架两地的大桥,取名一般一边选一个首字,南先北后。但这座大桥的取名有些麻烦。按惯例,叫"江靖",实际效果是"靖江"二字颠倒了。后来,不知是谁的点子,各取一边的尾字,北先南后,成了"江阴"。江阴自然得了地名之利。

我过江阴长江大桥,如果有同伴,都要特别介绍:"江"是"靖江","阴"是"江阴"。

我第一次离开老家,是从八圩渡江去江阴,经无锡乘火车到南京。舟车之劳,辗转几次,费时费力。

把背影留给老家的时候,我曾发誓要使它富裕。实际上,我至今都没能为老家做过什么,甚至没能成为一滴水,润一润嘴唇干裂的老家,甚至没能成为一阵风,凉一凉挥汗如雨的老家。我的老家,是在父老兄弟的忍辱负重、团结拼搏下,强大、秀丽起来的呀!站在大桥上,我热泪盈眶,泪水中有几多兴奋,几多感动,更多的是愧疚。

我回头看看身后。祖父走出十八圩到了西来镇,父亲走出西来镇到了靖城,我走出靖城到了南京。西来、靖城、南京,连成一线,正是三代人发展的轨迹。我的心怦然一动:或许,我的孩子会走得更远?

世世代代生生不息,含辛茹苦,孜孜前行,去开创、建设美好生活,这是人类的职责与美德。

无论走到哪里，都不忘自己的根，不也是人类的职责与美德？

秦淮河悠长而美丽，我是夜泊的一条船。夜泊秦淮，或许是短暂的停留，或许会永久驻足。不管怎样，我会热爱我所到的每一站，但永远不忘出发的地方——亲亲老家。

老　牛

老牛被老刘牵来。

牛实在是"老"，毛掉得差不多了，皮上一个痂接一个痂，眼角结着大坨的眼屎。它的牙已经被磨平，拖几根草，艰难地咬断咽下，再艰难地反刍。

原来曾是一头健壮的黄牛，站在地头，威风八面。

它是那种永不言累的角色，有草就行。对人也和善，尤其对孩子。我们常冲着它小便，它极有滋味地歪头张着嘴等着。牛是极喜欢喝小便的，大约是体内缺盐。

它现在老了。

它似乎连迈步的力量也没有，仿佛随时会在某个地方怔住然后扑倒，但它硬撑着。它知道，

生命的意义在于劳作,如果这一点失去,那就意味着死亡。

老牛不能再下地干活,但早晨依旧站起,昂首望着厩外。

离杀它的日子不远了。

大家不肯说出这个"杀"字,它辛劳一生,养它几天老是应该的。但年关已近,大家等着肉过年,而且看起来牛也未必能熬过春节。

"杀牛了!杀牛了!"我们都还小,觉得杀牛是极好玩的事,便在老牛面前指指戳戳。

老牛的眼泪"唰"地流了出来,从此就不停地流。

从此老牛便不准人靠近它,它倚墙而立,怒目向人。谁见了它都心里发憷。只有老刘给它草。它信任老刘。

腊月二十八,到了杀牛的日子。

老刘给它端来一盆豆饼。

入冬以来,老牛就没有享受过这些。老牛明白了,不吃。

老刘躲了起来。几条壮汉企图靠近它。它瞪目龇牙,令壮汉不敢上前。

最后请老刘。老刘给老牛梳理全身,牵它下地。它对田野再熟悉不过,春夏秋冬,哪一季离了它?全镇仅这一头牛。它站在地头,一动不动,仿佛在缅怀英年岁月。想到激动处,准备吼一声豪气,但看得出,它没有力气喊。

老刘牵老牛回来。老刘拿出一只黑布袋,"哞——"老牛一声长啸,看看老刘,把头伸出去,再跪下、躺倒,让老刘把它的四蹄绑紧。

老刘瘫坐在一边。

老　菱

村前的河,据说通长江,悄无声息地涨,悄无声息地落,不似长江那样的起伏,也不似长江那样浑黄,大约因为有菱盘。

暮春,先冒出一叶,渐渐长成一片,后来满河青绿。

形容它的生长,故乡人用了一个很传神的词:灿。

结老菱了。

站在水边,伸出手指夹住菱盘,能拖来一批。翻开,摘下老菱。没有人制止,只要把菱盘复原,推进水里就行。这是摘老菱的规矩。过一段时间,它还会结出新的老菱,也还会有人来摘。

沿岸的老菱,没到成熟就被摘光了。

摘取河中心的,要用盆。

木盆,椭圆形,夏天洗澡用,其余三季盛粮食。

大人坐上去吃水太深,却可以装两个孩子。各伏一边,不至于倾斜进水。倘若有几只盆就热闹了:撞盆,泼水,盆被撞翻;或者主动翻了,落水的潜入水底,没翻的赶紧用力,企图撤出战区,但被菱盘缠住,逃不远,常常被掀个底朝天。菱盘中就多了几个鲇鱼般的孩子,扑、跳、缠、潜、泼、压、逃、追……

岸上多起来的是喝彩声。

闹累了,爬进盆,继续摘老菱。

被称为老菱,其实很小。小拇指一般大。偶尔有一个如大拇指的,就会激起一阵惊呼。没有人种它,野生的。大约在很久以前,它曾经大过,年代久远,它退化了,越来越小。

老菱的肉很脆,水分也足。放一枚入口,嚼得满口生津。生吃够了,剩下的带回家煮。

傍晚时分,大人、孩子的口袋鼓鼓的,到处是菱肉的香味和褐色的菱壳。

大人们不准我摘老菱,我生下来就有12斤,大家都金贵我。蹲在某一棵树下,或者在某一个水码头上,我痴痴地望着一河的欢快。瞅准大人不在,我主动跌入水中。

当我也成了水中鲇鱼时,大人们很惊讶,却

也将我看管得更紧。

深秋了,菱盘稀疏败落。冬天,水面什么也没有。孩子们看着一河白水,好像在说:"夏天走远了,夏天快回来吧。"

到了都市,看见大如三寸金莲的菱角,我着实惊奇了一番,但我不买。无须摘,自然少了情趣,而且这类东西能当饭吃,我总觉得它失去了原有的意义。我固执地认为,它比不上老菱。

菱盘可以作饲料。

老菱,让乡下苦涩的生活多了几分欢快和滋润。

村子还在。小河还在。老菱还在。

木盆泊在河中央,木盆上是我兄弟姐妹的孩子。那是我们童年的影子。

老　笛

笛子,家乡极常见的一种乐器。

它制作很简单,只要小半截竹竿就行。"宁可食无肉,不可居无竹。"这是家乡人的信条。家家屋后都有一小片竹林,给笛子的取材带来极大的方便。

家乡人人都抵得上半个笛子制造师,然后,

是半个笛子演奏家。

出工了,把笛子别在腰间。劳作间隙,坐在田埂上,抽出笛子,用力甩甩,舌尖舔舔笛膜,凝神片刻,头轻轻一点,按在笛孔上的手灵巧地翘起又落下。

你就听吧,笛声起伏绵长,曲调五花八门,整个家乡都如同飘在笛声上。

家家户户都有笛子,而且都有老笛。从笛身的焦黑发亮,笛孔的微微凹陷上,可以推算出这笛子的年纪,想象出先人们吹笛子的情景。

老笛一般不吹,斜挂在墙上。平时吹新笛。时光在笛声中飞逝,新笛也挂上墙成为老笛。家家户户的墙上都挂有几把笛子,如同尚武的人家,在墙上挂几把宝剑。

我小时候见过最会吹笛的,是老街的马光棍。他五十来岁,很胖,又似乎不是胖,而是肿。他有一把笛子,乌黑,两头带铜箍。他几乎是不动声色就能吹出一支曲子。吹得人随笛声升腾、升腾,使人产生出一丝远离尘嚣的轻快。

有一天,他抓着笛子突然死了。据说是饿急了,吃了有毒的蘑菇。

家乡人不大喜欢二胡和唢呐,嫌那些弄出的声音牵肠挂肚、撕肝裂胆,即使是欢快之情,也有些呜咽的味道。

笛子不同,它便于携带,而且声音悠扬、明亮。其中的道理很简单。在困苦中不失希望,在贫穷里寻找乐趣,老家选择了笛子。

短细的笛子,伴随家乡度过多少苦难的岁月,又给家乡多少快乐的憧憬啊!

吹笛子,成了家乡一道风景。

笛子,为喜欢钢琴和小提琴的城里人所不屑。我在都市里,极少吹它,并不是因为我成了城里人,而是因为吹起它,乡下的日子会扑面而来。

如果可以,我愿意是一把竹笛,横在老家干裂的唇边。

老 桑

村后的河边,有一棵桑树。

这是一棵很老的桑树,树干向河西倾斜。现在想起来,能让我们的童年有些色彩的,便是这老桑树了。

春天的桑树很绿,一片一片的桑叶,像一面面绿色的小旗帜,在风中招摇。

我们搞来几条蚕,采来桑叶。细小而涩白的蚕沙沙地吃着,不几天便粗大而白亮,后来便吐丝作茧。

我们用剪刀将茧剪开,不明白为什么漂亮的蚕会变成丑陋的蛹。

最让我们开心的是夏天。

夏天,满树的桑葚儿,青的,红的,紫的,最好吃的当然是紫桑葚儿,放一颗在嘴里,一抿就化作甜甜的水。我们爬上树,吃得手和嘴都成紫色。

树顶的桑葚儿,常常因熟透了而自行掉落到河里,引来大大小小的鱼儿争食。我们便等鱼儿嬉戏的时候朝鱼儿扑去,但总是扑空。

因为只有一棵桑树,桑葚儿有限,我们便定好,只有等中午大家到齐了,才可以上树去吃,否则就会被宣布为贼,永远不得上树。

我们都是有血性的,即使再馋,也只有在树下抬头望望,等待着中午。

确实,在那个时候,苹果、梨之类的水果,距离我们非常遥远。桑葚儿,就成了我们夏日的盼头和话题。

我们是不允许国兴吃桑葚儿的,他是富农的孙子,乱蓬蓬的头发下有一张白得让人担心的脸。他在家排行老大,下面有两个妹妹一个弟弟。

有时候,国兴不由自主地向桑树走来。我们

远远地朝他一吼,他便如梦惊醒一般转身而逃。

有时候,我们每人将一颗紫桑葚儿藏在身后,走到他身边,猛地朝他掷去。他的脸上和身上,便中弹似的有许多块紫红。

有一天傍晚,根林跑过来说:"国兴上桑树了!"

我们追过去。

国兴手忙脚乱下树,跌倒在地上。我们打他,他弓着腰,胸口似乎护着什么。我们把他掀翻,他惨白着脸乞求说:"不要打坏,我弟弟妹妹想吃。"

我们就专门捣他的胸口,恶作剧般,直到小口袋里流出紫色的汁液。他转身往回走的时候,我们注意到他的腿摔折了。

"太可怜了!"马营冷不丁说。

我们都有些讪讪的,也觉得他可怜之至。同时又感到,他的可怜之中,有一些可贵的东西。当时我们说不清这种感觉,只是觉得,我们再也不能欺负别人了。

我们赶紧分成两拨,一拨去拉国兴,一拨上树摘桑葚儿。我们在树下立誓:我们是兄弟,今生今世,谁也不许欺负谁。

这情景至今历历在目,我们也确实用行动实践着树下的诺言。

后来就秋天了,桑葚儿消失了。我们便猴儿般骑坐在老桑树有力的枝丫上,回忆着紫甜时光,眺望来年。

老　酒

有酒要在街心喝。

小方桌,小方凳。

镇上酿的粮食白酒。

半个鱼头,或者一条鱼尾,或者几颗带壳的花生,或者几个萝卜干。

然后坐下,喝酒。

这是老何每天傍晚开始的事情。

老街上,也就老何能这样。

老何少年丧父母,中年丧妻。老何没有续弦,一个人拉扯四个儿子,跌跌爬爬穿透了一大段苦难艰辛。

四个儿子大了,成家了,生儿育女了。

老何也老了。

老何开始喝酒。

老何贪酒,以前没空,没钱。现在该有的似乎都有。

老何对酒的要求不高,只要是酒就行。老何

对下酒菜没有要求,即使没下酒菜也行。有什么喝什么,有什么吃什么。刻意为他准备,他反倒不舒服:"日子不是这种过法。"

儿子端桌,孙子端凳,媳妇拿酒。

遇上热天,一家人将一盆盆水往街心泼。水"嗞嗞"的,把发烫的青石砖的颜色浇深。

凉气四起。

坐下的是老何。

摸出"劳动牌"香烟,掏出火柴,咬开瓶盖,倒酒,端起,撮起嘴"嗞"地吸一口。

嘴唇紧闭,让酒极慢地通过喉管,然后"喷"地张开。

拿起筷子,夹上一点下酒菜放进嘴里,极慢地嚼。

取一根火柴,剔牙,再闭一只眼挖耳朵,再点上烟。把烟吸足,再徐徐吐出。眼望着远处,或者望着天空。

直到夕阳西下,酒香弥漫了老街。

这是极舒坦的喝法。

有人从老何面前走过。

"老四,喝一杯!"老何喊。

老四走近,端起另一只酒杯一仰脖子,然后点点头走开。馋酒的都能来喝一杯,另一只酒杯是为大家准备的。

老何的这种喝法，惹得许多老人仿效，但你可以有桌、有凳、有酒、有下酒菜，但你不会有老何这份舒坦。你可以有一天的舒坦，但你会有一段这样悠闲的岁月吗？

"栽什么树，结什么果啊！"老人们感慨。

老街人对老何格外敬重。老何的日子，就成了老街人追求的目标。

老何的最后十年，泡在浓香的酒里。

如今，老何已经作古，老街上喝酒的人也多了。酒好了，菜好了，但似乎很难喝出老何的那种舒坦。

老何的舒坦，是由苦难酿造的。

几时归去，当街一壶酒。

四　季

春天说来就来。

春天由南而来，长驱直入，但到了长江边，被天堑阻隔。它就像一匹快马，四蹄生烟，忽然遇到一条大河，但春天的到达是注定的。它在岸边蓄足力气，然后凌空飞跃，稳稳地落在北岸。

老家的春天就这样来了，不来则已，一来非同小可。当小南风轻拍百姓人家的窗棂，盘踞一个冬天的西北风，只能落荒而走。春天，沿着每一条道路进村，顺着每一片水面上岸。它像一位丹青高手，在上好的宣纸上泼墨，绿意洇开，铺天盖地。

老家用一排排树，用一片片竹园，用一株株芦苇，用一块块冬麦，盛装迎接春天。似乎一夜

工夫,老家的柳丝如烟,油菜花黄,麦苗拔节……

埭后的竹林,经过一个冬天的消耗,蓄足的精力几乎丧失殆尽。细雨霏霏,竹子吸着水分,每一节都长了精神。叶子返青、油亮了,在风中窸窸窣窣。

几个孩子,头戴柳条扎的伪装帽,匍匐进竹园。他们仿佛进入了敌方的地雷阵,那些高高低低的竹笋,就是一颗颗地雷。他们绕着春笋爬行。春笋很多,让他们游走如蛇。他们仔细辨认地面,发现异常就停下,用瓦片划出一个圈。在这个圈中,是一个还没破土的春笋。他们小心扒去上面的土,让笋尖露出地面。

桑叶肥大了,蚕蛹破茧而出。

风筝带着哨音,在天上飞。

香椿。

桃花流水。

斜风细雨。

青箬笠,绿蓑衣。

鱼。

田野里,有了劳动号子——

　　带唱山歌带种田,
　　不费工夫不费钱。
　　自己唱了精神好,

旁人听了也新鲜。

你那边唱到我这边来,
四句头山歌接过来。
后生家力气如长江里水,
早潮落去晚潮来。

老家一方好水土,春耕、夏耘、秋收、冬藏。农时一刻不能耽误,农事一件不能疏忽。鱼米之乡,从来不是唾手可得,相反,需要花费更多的精力与心血。

"得时无怠,时不再来;天予不取,反之成灾。"

一年之计在于春。

老家的春天是忙碌的。

老家弯着腰走过春天,那是面朝黄土背朝天的姿势。这样的姿势,在这块土地上凝固了几千年。老家会偶尔直起腰,擦一擦额头上的汗水,手撑住背后酸疼的腰眼,望一望即将到来的夏天。

当笋子能摇曳的时候,当柳梢能吹响的时候,当雏燕能捉虫的时候,当蝌蚪能蛙鼓的时候,夏天来了。

老家的夏天扑面而来,气势磅礴。

夏仕港的闸门，打开或者落下，吞水或者吐水。

永济港的水位涨了，水流快了，水色浓了。一个猛子扎下去，抓两把蚬子，等头露出水面，人已经被冲出几十米。蚬子是港里特有的贝类，对水质的要求极高。稍有污染，立即绝迹。

即使江水倒灌，河水依旧清澈。

一棵桑树，向河中心倾斜。桑树上，一颗颗桑葚，有紫，有红，有青。它们悬挂着，每一颗都是不小的诱惑。

桑树下就是水面。有些桑葚会掉下去，掉进河里，引来许多鱼。鱼们争抢着，水面一簇簇地生动。

几个孩子，蹑手蹑脚爬上树，坐到桑树最高处的枝丫里。当水面成群的鱼儿放松警惕的时候，在树上久等的他们，会扑向水里，企图凭速度和力量把鱼砸昏。每次，水花都如爆炸一样溅起，鱼儿安然无恙。

菱盘一片片坐在水面。划一只洗澡盆，掀起菱盘，可以看到菱盘下结的菱角。菱角，大的已如元宝，小的才如豌豆。剥一颗放嘴里，一抿，满口清凉涩甜的水。

落日如炭。

夜晚来临。

在地上泼水，浇暑气。"嗞——"，水无影无踪。又泼，还是"嗞——"。再泼，地面的颜色深了。然后，在上风口点一堆麦芒，让烟随风飘散。烟过去，蚊虫逃之夭夭。

故事在老人的嘴边，孩子在老人的膝盖前。从三皇五帝开始，到秦皇汉武，到唐宗宋祖；从姜子牙，到荆轲，到薛仁贵，到程咬金，到关羽……那些神话、传说，就这样口口相传。

拔节和灌浆。

虫鸣。

夜鸟归巢。

流萤。

流星。

……

老家在夏天被晒黑了，如同甜的桑葚。晒黑的老家瘦了，如同水牛露在水之上的两只角。瘦的老家精干了，如同一把铁犁。精干的老家，饱满了，芬芳了，沉甸甸了。

老家的秋天，永远来得无声无息。它是在某一个夜晚，随风潜入。

夏天是在人们开始穿长袖的时候，是在河水有一些发白的时候，才感知秋天的——一转身，就看到秋天站在身后。

秋天笑吟吟的。

秋天仿佛穿着长裙,荡在秋千上。

菱盘开始凋零,菱角苍劲,菱肉充实。鱼在菱盘间沉稳地游着。

茨菰的叶子如扇。

稻子金黄。

玉米结实。

棉花雪白。

螃蟹膏红。

流萤稀了。

鸭子肥得走不动路,一摇三晃,目空一切。

鸡无处不刨食。

野鸡拖着锦衣,从田野上空掠过。

嶙峋的枣树,在够得着的地方,枣儿荡然无存,但高处一颗、两颗、三颗……无数颗。用长长的竹竿去打,几颗枣带着叶子落地。

有一个孩子爬上枣树。一开始爬得很顺利,一会儿就坚持不住——枣树上的刺,让他又一次无功而返。

在杂乱的藤蔓中,掩藏着一个南瓜。南瓜的身上,布满太阳的颜色。有几只蟋蟀守着它。当蟋蟀发出唧唧的声音的时候,蚯蚓钻出地面。青蛙跳一步,停一下;跳一步,停一下。当它跳到这里的时候,蚯蚓正好游进藤蔓。

丝瓜的藤蔓还爬在山墙、树或篱笆上。几条

硕大的老丝瓜已经泛黄。它们储存着来年的种子。

稻谷和稻草分离。稻谷一粒一粒地集中后,被拉去粮食收购站,稻草在打谷场堆积。

菊花黄,种麦忙。

又一场雨。树叶渐渐落了,知了渐渐哑了。

老家的冬天姗姗来迟。

秋天向南撤退的时候,被长江天堑挡住,无路可退,一直与冬天较量,直到热量消耗殆尽。

这是老家的福分。日照时间长,平均气温高,利于晚稻成熟,利于冬麦播种。

但冬天不得不来。

冬天到来的时候,该收的收上了,该种的种下了,该挂的挂起来了,该藏的藏起来了。当冬天迈着沉稳的步子,巡视田野、村路、河道和屋舍的时候,它听到了年景,看到了收成。

田野抱着种子、蟋蟀、田鼠休眠。

村路上一条条辙,像记忆刻在脑子里。

河道在寂寞中,惦记着遥远的潮汛。

屋舍从树与竹林中脱颖而出。

布满老茧的手、皲裂的手,笼进袖管。

白露为霜。

下雪了。

下雪的时候,很安静,耳朵能听到雪花落地

的沙沙声。这声音很轻微,像春天的蚕在吞食桑叶,又像秋天的鱼在水中游动,更像学生在一年四季里写字。

应当有声音的永济港,这时候反而安静了。那些船,木船、水泥船,熄了火,放下楫,泊在岸边。

鸟们把自己藏到檐下的瓦洞或打谷场的草堆里。它们都是隐藏高手。

不知乌鸦到哪里去了。它们永远那么神秘,无端地来,无端地去。

老家站在雪中,一动不动,看着瑞雪,想着丰年。

孩子们去上学了。他们的衣服,让雪原色彩点点。

……

老家四季,如歌。

埭上人家

老家的村子,有地名的叫"埭",比如龙潭埭。按数字排列,也叫"埭",比如四圩埭;十以外为了简单,把"埭"字省略,比如十八圩。

"圩"念"yú"。

"埭"与"圩",都与水、坝有关。

圩:掩水用的条状土堆。

埭:坝。

比如十八圩,顾名思义,是第十八条圩。圩每增加一条,都意味着江水又后退了一步,人又夺得一块土地。与江水争土地,无异于虎口夺食。

十八圩开始形成的时候,东西两头滔滔江水。大家走投无路,商议出这样一个结果——

郭家搬到圩西头,郭谐音"隔",表示希望圩与水分开;刘家搬到圩东头,刘谐音"留",表示大家能留下;钱家搬到圩中央,表示希望五谷丰登。

由此可见西来这块土地形成的过程。地质不稳,水患频仍,百姓筑堤挡水,然后沿着防洪堤聚居,逐渐形成村落。

"埭"与"圩",凸出于水,隆起于土,形成于苦难岁月。

埭都是东西走向。先辈择河而居,埭依河而建。

房屋一律向南偏东。老家襟江临海,家家户户在春夏开门窗,可吹东南风,而冬季关上后门,又可挡西北风。

每家屋前是开放式庭院。庭院前是道路,道路前是河,河边长着树,河对岸是道路,道路过去是农田。屋前的河水,人畜饮用。

每家屋后是竹林,竹林后是河,河边长着树,河对岸是道路,道路过去是农田。

树是楝树、柳树、杨树、梧桐树和槐树,也有香椿树、皂荚树和桑树,间种桃树、梨树、枣树、柿子树。

家家户户都种有淡竹——宁可食无肉,不可居无竹。竹园连成一片,青翠郁葱,白墙灰瓦掩映其中。

竹外桃花。

有人说,竹子有"节",意为"气节",所以老家喜欢种植。这样的评价过于诗意了。对百姓来说,任何一件事,首先与生存有关。它是农耕社会的一种生存需要,也是农民可以朝夕相处的一种依靠。

淡竹的繁殖能力强,是经济植物——笋可卖、可食,竹可卖、可编织,竹叶可当柴火。还有一个好处,临时有急用,可以砍几棵竹子去街上换零钱。老家有一个埭叫"修竹四圩",做竹器的手艺世代相传。

雨后春笋。

当春笋露出地面,燕子来了,飞入寻常人家。劳燕衔泥筑巢,半个月内,每天几百个来回飞进飞出,像一枚枚漂亮的剪影掠过。一个月后,老燕会带着雏燕飞出屋,晚上回来住宿。秋天,燕子一家南飞,来年开春再来。

房前屋后的河,都通港。在河与港之间,有一个闸。

闸门平时开着。

港通着长江。

长江水由港入河之后,被水草、芦苇、浮萍、菱盘和茭白过滤,河水清澈。口渴了,蹲在河边掬几捧水,或者站到河里,把嘴伸进水里。

家家户户的灶房里，都有一口水缸。水挑进缸里，沉淀一下，烧饭煮粥。水缸的作用在于蓄水，保证取水方便，还可以消防。一旦灶间起火，端几盆水泼过去，可以救急——这叫"太平水"。

所以，家家户户的水缸，都是满的。女方上门相亲，甚至会查看水缸。如果水满，说明主人勤快，婚事就多了一分可能。

水清则无鱼，但活水里有那么多植物，便于鱼隐藏，更便于鱼生长。

鱼虾借助这些植物潜伏着，逍遥自在，无法无天，但又耐不住性子，时不时示威似的跳起，或者打一个卖弄的漩涡。

抓鱼很简单。跳进河里，用棍子使劲拍打水面。鱼受到惊吓，藏到岸边的洞里，顾头不顾尾。顺着摸过去，一抓，一扔，鱼飞过一条闪亮的弧线，就在岸上跳了。

春天里，鱼在水草里追逐嬉闹，风骚得很。用一根竹竿，也可以把鱼打昏。

天暖了，挽起裤腿，顺着河岸走，能踩到很多河蚌，摸到很多螺蛳。

树的影子落在河里，仿佛都能成为鱼。

长江涨潮，港里的水也涨，涌进河里。逢到大潮汛，河里的水能涨到岸上，甚至门槛前。鱼虾忘乎所以，游到门前屋后，很放肆。退潮，河里的水浅下去。那些鱼虾找不到退路,只好躺在篱笆、树根和草丛里,束手就擒;趁势铺张开的浮萍,摊在河岸,被太阳晒干瘪。

夏天如果下大雨,稻田里的水经过墒沟排到河里,河水猛涨。这时候,会打开闸门泄水。水急速东去。一些早有叛逆之心的鱼虾,逃之夭夭。

如果长江发大水,闸门会紧闭,把水挡在河外;如果有旱情,闸门也会关闭,不让水流失。

在埭与埭之间,还有沟。这些沟仿佛在一个人的腰部,所以叫"腰沟"。腰沟的作用在于蓄水,用于灌溉。

有港,有河,有沟,就有道路。

家,择河而居。

人,沿水而行。

在这些道路上,走得最生动的,是上学的孩子。孩子们走出家门,分头走上田埂,再会合到小路,然后走上大路。

大路连着学校,连着更远的地方。

每一条河隔不多远就有一条坝。坝上走人畜,坝下有涵洞过水。

"西风响,蟹脚痒。"西北风吹过,在河边点一盏灯。一会儿,就听见无数的小泡沫鼓起又破灭的声音——螃蟹仿佛以灯火为号,争先恐后地爬

上岸,围坐灯火旁。

但这种事一般不做,螃蟹太多,还不如灯油值钱。

腊月里,准备过年,桌上少不了有鱼。选河的某一段,堵住两条坝的涵洞,向两头抽水。

开始,水里没有一点动静。鱼虾不动声色。

水少了一半,年轻的鱼沉不住气,开始寻找出路。猛游几个来回,发现以前的通道被堵死了,心急火燎,左冲右突。这些鱼很快就没有后劲,浮在水面喘气,或者徒劳地游来游去。

城府深的大鱼,有多次逃生的经验。它们内心恐慌,但强作镇静,借着年轻的鱼的掩护伺机突围。过了一会儿,它们感觉脊背凉了,才知道水已浅得让它们暴露了。它们企图冲刺,没有了助力、给势的水,只是在泥水里犁出一条粗大的痕迹;企图跃起,结果重重地摔在淤泥里。

岸上一片欢呼声。

一地的鱼。

……

一方水土养一方人。

老家的田里有稻、麦、豆、棉、玉米、山芋、粟、高粱、芋头、芝麻、花生等农作物。

老家的水里,有江、港、河等水域特有的水产,仅鱼,除了鳊、白、鲤、季(鳜鱼,俗称"季花鱼")"四大名鱼"之外,还有鲥鱼、河豚、刀鱼、沙塌皮、黄道士、小虎头鲨、桥钉鱼、猪尾巴鱼……

人在家,家在埭,埭在埭上。

埭上人家,四通八达。

埭上老家,即使一个人低吟,也会迎来万物的唱和。

十字街口

十字街口集中了街上主要的店铺。

百货店在十字街口的西侧，一长排东西走向的房子。最西边是新华书店的柜台，卖挂历、本子和书籍。紧挨着的是文具柜台，和文具柜台挨着的是五金柜台，然后是衣袜柜台，最东边是布匹柜台。

百货店的销售情况要看季节。

春节前，从西到东的柜台上方都挂着挂历。挂历上标着序号。你说38号，营业员就会拿出一副对联。你说16号，营业员拿出的是一张年画。

学生开学，文具柜台要忙一些。

下半年，布匹柜台要忙一些，一家人要添置

衣服。

五金柜台、鞋帽柜台，全年忙闲比较平均。

杂货店在十字街口南侧，卖油盐酱菜醋，卖香烟、火柴和肥皂。最早在里面站柜台的是祁三爷、徐三爷、毛三爷、朱三爷。他们在家都排行老三，人称"十二爷"。

孩子们最喜欢来这里帮家里做事。家里让打一毛钱酱油，他们只打八分；家里让买两毛钱盐，他们只买一毛五。家长和营业员一眼洞穿他们的鬼把戏，但不揭穿。这些折扣积少成多，可以到百货店买笔记本或者连环画。

日杂店西侧是药店。

药店是街上最有文化氛围的地方，即使是小学和中学，也不能与其相比。药店有一个长长的柜台，柜台里靠墙是一排柜子，柜子分了几十格抽屉，抽屉上面有毛笔字"半夏""广丹""大蓟""龙骨""贝母""当归""茯苓"……不仅是字写得好——字本身就好看，关键是这些字不常见，好像都是从古代过来的，每一个字背后都有来历。

药材的香味，让人通体舒畅，一点邪念都没有。

药方递上去，药剂师收了。药方的字很潦草，抓药的辨认不出，但药剂师只扫一眼，"哦"了一声，就放在一边。他抽出三张手帕大小的纸，

摊在柜台上。拿起一杆精致的戥子,拉开一个抽屉,抓出一把黄芩放到戥盘上。重量正好——戥子只是做样子,一抓就准。他分成三份倒在纸上。

一会儿工夫,药剂师分别称出——

黄芩 10 克
当归 10 克
白芍 10 克
白术 9 克
阿胶 12 克
陈皮 4 克
砂仁 3 克

药剂师把每张纸的对角拉到中央,一根细纸绳扎成"十"字,三服药包好了。

"水煎,分三次煎服,每天一剂。"药剂师说。

顾客说:"请药店代煎吧。"

煎药的地方在日杂店的南边。一个患严重小儿麻痹症的中年人,负责煎药。远处的,都是病人家属来取。附近的,他送。他拿着一个装汤药的小暖瓶,走得手舞足蹈、七拐八绕,但在病人该服药的时候,他总能把药送到。这时候,他的脸上是得意的笑容,然后再艰难地、如同打着醉拳一样回去。

他姓闻。

百货店的墙边,有一个炸爆米花的老人。他戴着棉帽子,护耳一边竖着,一边耷拉着。褐色的脸上有一个高挺的鼻子,鼻子上有一抹黑炭灰。

老人面前有一个炉子,炉子上架着一个炮弹形的铁罐子。他打开铁罐子的前端开口,把玉米粒灌进去,再密封。他捅捅炉子,加进一些炭。他左手拉风箱,炉火发蓝;右手摇铁罐子,玉米粒在里面沙沙响。

一群孩子围着他。

老人不急不慢地摇着,眼睛半睁半闭。

老人看看铁罐子上的压力表,正转几下,反转几下。他右手用力,使铁罐子最前端翘起来,左手拉过一个加厚的麻袋,罩在铁罐子上。然后,他站起来。

围观的孩子立刻跑远了,躲到墙角,捂住耳朵,闭上眼睛。他们就是在等待接下来的一刻,当这一刻就要到来,他们却逃远了。

老人左腿撑地,右腿和右手用力压着,左手用力扳着铁罐子前端的开关。

"轰!"一声巨响,惊天动地,飞腾的烟雾把老人吞噬了。

烟雾散尽,老人稳如泰山。

那些玉米粒,在麻袋里炸出一朵朵小花。

孩子们迅速围过来,仔细辨认老人有没有受伤。他们每次都以为老人会被炸得四分五裂,但老人每次都安然无恙。这很让孩子们不解,也更加深了他们对老人的崇拜。

老人没有表情,又把一份玉米粒灌进铁罐子,然后摇着。

十字街口永远有动静。

一个壮汉脱了上衣,蹲着马步,凝神屏息,抓起裆下的石锁向天空抛去。石锁从高空落下,他用头顶去接。在石锁和头接触的一刹那,围观的人都以为那石锁能把头颅砸破,却稳稳地落在他的头顶。

"啊……"围观的人暗暗惊叫。

壮汉头向前一点,石锁落下。他不等石锁落地,手抄进锁把,抓起来又抛向空中。石锁这一次落在他的左肩,下一次就落在他的右肩;他身子后仰,石锁就落在肚子上;他身体前躬,石锁就落在背上;他伸开左臂,石锁竟然落在臂膀上……

壮汉休息时,一个小伙子双手抓石锁,最多能提到裤裆的高度。他手一松,石锁把铺街面的麻条石砸断了。

围观的人猜到石锁的重量了。

晚上,无论夜有多深,无论晴朗还是风雨,十字街口的电线杆上,总是亮着一盏路灯。路灯上方有一个碗形灯罩,灯光呈扇形洒下,像一把透亮的伞。这时候,一个苍老的声音从深处传来——

当心火烛……

车　站

　　汽车站在马路东面。

　　汽车站的位置，显示出了建造者的聪慧。它不紧贴路边，前面就形成了一大块空地。这块空地成了停车场。而当马路需要向东拓宽的时候，这块空地就是拓宽的预留空间，停车场移到车站后面的空地上。

　　西来汽车站成为大站，有地处两地两县交界处的原因，但不能忽略专职公路的作用。往往是这样的情况，汽车因为畅通无阻，反而要停下来了，因为想走就能走，想什么时候走就什么时候走。如果走走停停，汽车唯恐被困住，一心想着赶紧开出去——一眨眼工夫，就到别的地界了。

　　车站三间平房，南北走向，与公路平行。大

门开在中间,朝西。

中间这一间是候车室,人一进去就仰面看墙上的班车表,再到北面一间的窗口,询问车到了没有,或者什么时候到,还有票吗。

北面一间售票,门和窗朝南,开在屋里。门一般关着,开的是小铁窗。小铁窗只有脸那么大,齐胸口高。因此,要想看到里面,必须弯腰把脸凑上去。即使这样也只能看到局部,比如站长的脸,以及站长左侧的小木柜。小木柜上有很多格子,格子里放着票。车要来了,小铁窗会啪嗒一声关上,门随即拉开,站长从里面出来。站长一手拿钥匙圈,一手带门。

站长的钥匙圈上,除了几把司空见惯的钥匙之外,有一把很特殊。这一把呈"L"形的钥匙,是开汽车门用的,也是站长身份的象征。

站长的精气神就在这把钥匙上。

车站是出发和抵达的地方。

　　西来—上海

　　西来—南京

　　西来—南通

　　西来—苏州

　　西来—无锡

　　……

班车到了。

车刚停稳,卷起的沙尘还没落下,站长已到车边,右手的钥匙向汽车门的匙洞里一插,顺时针一扭,再与抓门把的左手一起向后一拉,车门就开了。

旅客下来之后,站长把门拉上,和司机做个手势,回售票间去。

站长和司机一般不说话。

司机跳下驾驶室,走出散漫的姿势,晃到马路西边的车站饭店。他会在摆花生、瓜子和茶水摊的老太太那里,剥一颗花生,吃几粒瓜子,或者喝一杯茶叶水。老太太让他吃和喝,既是熟悉了,也是因为他会带来旅客。

有旅客就有生意。

司机是要到饭店里面去。里面有一个炒菜,一碗汤,加上一包香烟。这些都是免费的,是对他把客人带来的酬答。

到发车的时间了,站长再出来。这次出来,手上多了一块木板,上端有一个夹子。这块木板起垫写的作用。他拉开车门,让走的人上去。没人再上了,他会上车用目光清点人数,然后关门,在木板夹的纸上写好人数、沿途到站情况,再把这张纸交给司机。

司机接过，象征性看了看，夹到左上方悬挂的垫纸板上。他突然一按喇叭，右手令人眼花缭乱地挂挡，左手打方向盘，车就拐上公路。

车上的人都没坐稳，被汽车一连串的动作搞得前仰后合。倒霉一点的，牙齿会撞到前面座位的椅背上，眼冒金星。也有的身子弹起来，头撞到车顶，眼前发黑。但大家没有骂的，而是及时配合以夸张的惊叫。

难得坐车，一路平坦反而少了刺激，多几个颠簸、急刹就是赚的，只要不开翻到河里就行。

车上要是有长得好看的姑娘，驾驶员恨不能站起来开车。

过路的长途班车不好掌握时间。一般是汽车到了，司机按几声喇叭，给站长报信。

站长每天上午10点到下午1点之间很忙，路过的长途班车多——

盐城—（西来）—苏州

盐城—（西来）—上海

徐州—（西来）—上海

海安—（西来）—无锡

射阳—（西来）—常州

上海—（西来）—淮阴

……

长途班车顶着行李、装着人，喘着粗气开过来，在这里停车吃饭。车站和对面的车站饭店熙熙攘攘，各种口音的人都有。

西来人从这些口音中知道，天下之大，五湖四海。

站长既要开车门，又要卖票，还要发车，有时候还要搬梯子，爬上去，帮旅客取放行李，有时候还要到处找没上车的旅客。站长就一个人忙，但穿梭其间，井井有条。忙不过来的时候，他就用哨子。

站长和司机关系好。这很重要。

首先，长途班车会停在这里，让旅客下车吃饭。这既给饭店带来生意，也有利于当地土特产的销售。

其次，车不会溜站。在西来汽车站买票的旅客，能乘上当天的车次。

久而久之，西来汽车站就在道上有了名气，逐渐成了大站。

车站南边那一间，是站长的居所。门开在屋里，朝北。

站长姓顾，具体叫什么，没几个人记得，外乡人。当然，熟悉的人会喊他"望子成"。不知情的人还以为他叫这个名字，其实"望子成"后面一个字是"龙","龙"与"聋"谐音。

老顾耳背。他一般不和人说话。一旦说话,声音就高了,像吵架。好在他几十年如一日,和大家朝夕相处,彼此熟悉,心领神会。

"望子成——"有人喊。

老顾读懂了口型,一笑,或者假装生气。

相当长的时间里,汽车站就老顾一个人。

现在,西来到上海一个半小时,到南京两个小时。

车站饭店

车站饭店在马路西面,与车站相对。

饭店四排房子形成一个院子。东面一排房子,大门开在中间,南半段是饭厅,北半段是商店。南面一排房子是厨房,西面一排房子是堆放大米、面粉和油盐的仓库,还有一间供外地旅客住宿。北边的一排房子是男女厕所。

饭店的核心是南面的一排房子。这一排房子是一个大通间,门朝北对着院子。

进门的左边是灶台,灶台上有两口带柄的锅,灶台上放着猪油罐、酱油罐、糖罐、盐罐、味精罐和料酒罐,还有葱花、蒜叶和姜末。

车站那边旅客人头攒动,掌勺的师傅就穿上工作服,把封好的炉子捅开,插上鼓风机,火苗立刻升腾并且变蓝。

售筹窗口的上方,挂着一块黑板,上面用粉笔写着菜单。

  蒜苗炒肉丝 5角

卖筹码的营业员,用圆珠笔在巴掌大的纸条上写"蒜苗炒肉丝",顾客把这张单子交给掌勺的师傅。

师傅瞟了一眼,把单子戳在灶台里边的钉子上,往锅里放一勺猪油。等油热得冒烟,再放葱花和姜末,肉丝跟着滑进锅里——

"轰——"

炉子里的火拥进锅里,形成火势。

一个有水平的厨师,如果没让炉子里的火跑到锅里,就像一首歌没有主题。这既是营造气氛的必需,从技术层面讲,也是希望上下火攻,使肉丝在最短的时间里既熟也嫩。但这相当于玩火,弄不好,进锅的火会把锅里的肉丝烤焦,还会烫伤手。这就需要厨师掌握火候。

锅里爆响,油、肉丝、葱花和姜末的混合香味四窜。

师傅左手颠锅,右手的勺子按程序往锅里添加作料,量的多少完全凭感觉。左手颠结束,右

手也添加结束。左手的锅向内一斜,右手的勺子顺势一推,色香味俱全的炒菜就到了盘子里。右手的勺子敲两下左手的锅——

当!当!

这两声,既通知服务员端菜,也让在窗口等菜的顾客馋得吊起来的心,落到原处。

一个中午,灶台上的菜单子会有四五十张。

师傅炒菜,类似演出。灶台上,声光电和烟火都有。观众不仅是那几个顾客,还有埠上的百姓。很多人就是为了闻那种香味而来的,顺带看师傅的身手。

师傅炒出的菜,被天南海北的人吃了,就是饭店的口碑。

曾经有人要和饭店的师傅比手艺。师傅不说话,带那人到灶台上看了看。灶台上除了锅是干净的,到处是油腻。油腻不是脏,油腻如同老茶客茶杯上的茶垢,是一种资历和资本。那意思是说,油腻都比你见过的油多。

那人看明白了,就走了。

师傅除了炒菜,就是在为炒菜做准备。切菜,配菜。他的刀工很好。

这个灶台,早晨炸油条。

灶台的东边是发货大窗台。

南边是一张大案板。上面先是什么也没有,

后来有了在缸里揉开的面。后来,面成了面糕、包子。面糕和包子放进蒸笼里,端到西南角的灶上蒸,蒸好了端到东边的大窗台卖。

西边被一扇小门一分为二,南半的灶蒸面糕、包子,门通向西面的空地和南面的浴室,北半是大灶台。

大灶台上有两口大锅。中午,两口锅做饭。晚上,一口锅烧水,一口锅下面条。

面条下得有阵势。

先把面条放进左边的大锅里,用加长的筷子轻轻梳理,然后把十几个碗放在灶台上。勺子伸到猪油罐里,再蜻蜓点水一般,把猪油"点"进每一个碗里。等每一个碗里都有了猪油,再到另一个罐子里舀酱油,然后在右边的大锅里舀开水。

最后,抓一把蒜叶,挨着碗撒。

面锅里的水开了,用勺子敲开锅上方的水龙头放冷水。面需要冷水"激"一下。面锅再开,再放冷水"激"一下。然后,右手拿长筷子叉上面条,高高地提起,左手用小竹篾篓接着。面条到了碗的上方,轻轻地落下,条理清晰地躺在红汤里。

十几个碗被移上托盘,再端到东边的大窗台上。

下面看似简单,其实很有讲究——

面条进锅,不能大幅度地频繁翻搅,否则面汤就糊了,面下得不清不爽。但又不能不翻搅,因为面条不借助筷子一根一根分开,那会成为一坨死面。

开锅了,要用冷水"激",否则面会被煮烂,到碗里不成体系。

叉面的时候,每一筷子的分量要一致。这一锅面,准备下18碗。少于18碗,饭店吃亏;多于18碗,顾客吃亏。这一碗多了要移走一点,或者这一碗少了要补一点,不仅会破坏面条在碗里的造型,还耽误时间。18碗面,必须一分钟之内叉进碗里,否则锅里的面要烂了。

几锅面下了,要把锅里的水舀去一些,放入冷水烧开后再下面,免得面汤糊。

民以食为天。

因此,食必须认真做,做好每一个细节。每一个细节做好了,大局才算定了。

老家车站饭店下出的面条很有名,有家里怎么也下不出的香。那是大锅、大水下出来的,而且还舍得放猪油。很多人,省了个把月,下了很大的决心,又是在狠狠地劳动之后,才舍得去买一碗。

吃一碗面,再要一碗面汤,喝得回肠荡气,浑身冒汗。

　　嗝儿——今朝饱呢。
　　吃铁啦?
　　呵呵,吃铁也没这么饱。吃了一大碗面,车站饭店的。
　　乖乖!

民以食为天,食以味为先。老家人嘴讲究,时刻保持味觉的灵敏,其实是保存着一份对富裕生活的向往。就像一粒种子,即使深埋地下,但破土而出的念头时刻警醒着。

浴　室

一进冬天，老家和周边的人最关心的一件事，是浴室在腊月初几"开汤"。

老家浴室紧挨饭店的南墙，是一座相对独立的房子，属于饭店。浴室大门和饭店一样，面对着公路，但饭店的人不从这个门进出，而是从厨房的小西门出去，向南一拐，走过厨房的山墙，就是浴室的锅炉房。锅炉房里有一扇小门，通向浴池。

老家浴室的大门，除了浴室开汤，其余时间都是关的。平时偶尔有人进出，也与开汤无关，大家并不在意。只有到了腊月，大家才关注浴室的大门。

浴室的门开了。

这不是开汤,是开门晒筹码。筹码用竹片做成,2 指宽,2 寸长,正面用火烫出"浴室"两个焦褐色的字,背面烫几排几座,再刷一遍桐油,然后排在竹匾里,在阳光下面晒干。

筹码每年都要换新的,旧的可能被人仿造,也可能因为保管不好散落出去。

晒筹码就是宣传的开始,表明"上面"配给的煤到了,开汤在即。

浴室开汤,首先要试汤。锅炉一年没点火,下水道一年没通,冷热水口一年没出水,需要试一下,相当于彩排。一旦开汤,哪怕一个很小的部件出故障,都不好办。

第二天一大早,细心的人发现浴室出水口处有肥皂水,知道昨晚试汤了,下午必定开汤,赶紧去买筹码。

就在这时,浴室开汤的通知开始张贴:

通知

应同志们的要求,浴室于腊月初三正式开汤,向男同志开放。

开汤时间为中午 12:00－晚上 8:00。

欢迎男同志前来。

下午,浴室的大门开了。

进门是用一堵墙隔出的小间,卖筹码的桌子靠墙。墙的两边是通道,挂着棉布做的门帘,一边进、一边出。进去是大堂,贴墙南北各有一排躺椅,中间背对背两排躺椅。躺椅与躺椅之间是茶几和痰盂。顾客脱了衣服,到里面去。里面是浴池,一个大池子,两个小池子。大池子是温水,小池子一个烫、一个冷。

从这一天起,老家多了带肥皂味的人。他们理发、刮脸,再带换洗衣服去浴室。手忙脚乱脱了衣服,光着身子羞涩地穿过大堂,先在温水池里泡,觉得不够烫,移到热水池里。

有的人喜欢清水,午饭碗一丢,就钻进浴室,赶头汤。清水洗尘,人都洗轻浮了。"饱澡饿头",意思是吃饱了适合洗澡,但理发应当饿着肚子——因为要低头,饱满的胃会受到挤压。

有的人认为熟水养人,吃过晚饭,上过厕所,才慢慢吞吞来浴室。这时候的浴池,水被洗得厚稠。他们下池子泡着,泡到自己仿佛长了体重。

一个冬天没洗澡,遇到了热水,每一个毛孔都在欢呼。他们只露出一个头,脸在热气里影影绰绰,说一些不咸不淡、半醉半醒的废话。然后,他们互相搓背、捶腿。这时候他们是清醒的,约好正月里哪天聚会,约好哪天一起去江南。等他们从水里出来,皮肤红得像熟虾一样。

他们挪到躺椅上，喝水、吐痰、抽烟，换上干爽的衣服出浴室。他们的头发里冒着热气，走出浑身像散架的姿势，仿佛刚喝了一壶老酒。

浴室是让人不约而至、不期而遇的地方。一转脸，遇到闹过矛盾的人，满脸不自在，绕开，但一转身又遇到了，只好讪笑。讪笑就是觉得好笑的开始，再碰到就不躲了，东拉西扯，小心绕到闹矛盾的事情上。说话间，互相往对方身上泼泼水，搓搓背。就像彼此赤身露体一样，都不藏着掖着。等穿好衣服出浴室，双方已和好如初。

也有人想把矛盾在年底解决，干干净净、清清爽爽过年，就托中间人。

中间人会去找矛盾的另一方。

长根，去洗把澡啊。
好哦。还有哪个啊？
去了就晓得咯。
我听你的，你定时间。
今朝下午两点。

中间人德高望重。这样的人很重要，必须不偏不倚地处理事情，不遗余力"说和"。他事先把双方的情况摸清楚，摸准症结，对症下药。曾经有一位姓方的先生，为调解矛盾至午夜以后，忍饥、受冻、劳累,得急病身故。

双方和中间人泡在澡堂里,真正坦诚相见。洗好了,去旁边的饭店,炒两个菜,要一瓶烧酒,各下一碗猪油红汤葱花面,再大的矛盾也化解了。

越到年底,洗澡的人越多。老家人洗,老家周边的人来洗。浴室就会有延长洗澡时间的通知,从早上8:00开门,晚上12:00结束。这中间还会间隔着腾出两天,专门向女同志开放。女同志洗得仔细,出浴室的时候,衣服也洗好了。

洗了澡,就盼过年。盼头是老百姓生活的指望,大家就在一个一个盼头中经年累月。

浴室开放到年三十中午。

浴室的门,关到来年腊月。

浴室的门,开了,关;关了,开。

后来,关上了,就没再开过。

一个氤氲的蒸汽世界里,看似没有故事情节,其实蕴藏着人情冷暖,展示着一代代人生活方式的渐变,甚至一个时代的变迁。它可以成为历史,却不会消逝。

其实,历史从未远行,只不过换了一种生命样式。

理发店

理发店在北街。

一个大堂。

一面临街,关门就把一块块门板合上去,开门就把一块块门板卸下来。

三面墙,每面各摆两把椅子。椅子对着墙,墙上挂着比窗子还大的镜子,镜子下面是一个工作台。工作台上的理发工具摆放整齐,像街南牙医的手术刀。

椅子是活动的,可以转圈,可以调节高度。

顾客进去,低头爬坐到椅子上。一蓬杂乱的头发,在大面积的镜子前,一览无遗。

理发的师傅站在顾客的身后,手搅着乱发,再把乱发向上捋。那蓬乱发就像被老鸦丢弃的窝了。

"你看看啊,头发长啦。"师傅说。

顾客望一眼,垂头丧气。

师傅喊顾客看,也是让大家看,先看一个破败局面,等一会再看他收拾之后的成就,前后对比。

师傅拿过一块白布,抖开,围在顾客的前面,在顾客的后颈打一个结。

师傅左手拿梳子,右手拿剪子,踌躇满志。他先空剪,活络手指,然后拍拍顾客的头。

顾客知道意思,把头低下。

"有什么新闻啊?"师傅说。

顾客的声音拐着弯发出来:"刚才看到一辆'乌龟壳'停在马路上的。"

"那是司机停下来喝水。"师傅说。

顾客说:"啊……这你也知道了。"

"我们有什么不知道的?"另一个师傅在给顾客刮脸,"老土桥那里要造桥了。桥一造,省得从新港绕。"

顾客有些惭愧说:"这个……我没听说……不知道。"

一个师傅对自己的顾客说:"今天中学高一(3)班写作文,作文题是《战友》,不知道哪个学生写得好。"

高一(3)班有几个作文尖子生,很有名气。

一个顾客进来说:"王老师刚批卷,还是老侯家儿子写得好。你听啊,里面有这个句子。"他走到门口,指着街对面屋顶的天空说——

那天,
朝霞镶满天,
红日刚露头,
老师拉我树下坐。

"好!"大家说,被捂住嘴的也跟着喊。

"好是好,但是……"师傅说,"'镶'字用得好吗?"

"呃……"大家都在想。

师傅说:"镶,就是镶嵌。朝霞能不能'镶'?朝霞能不能'满天'?"

大家觉得有道理。

一个顾客问:"你说,用什么词呢?"

"我要是知道,那我还不做老师啊。"师傅笑着说,"但总之,小家伙写得不丑。"

理发店是消息集散地。顾客来自方方面面,把各个渠道的消息带过来,又把各种各样的消息带走。

理发店还是议论的最好场所。顾客到了理发

店,被椅子和围布圈着,又在刀剪之下,不说闷得难受;师傅们整天足不出户,不说憋得慌。理与被理,双方都有议论的时间和欲望。

但理发店不议论家长里短,否则这里就成了是非窝。

师傅一手梳,一手剪。一连串有节奏的咔嚓咔嚓声,顾客的围布上落下一撮撮毛发。

师傅这是宏观处理,再带顾客去洗头。

痒不痒?

痒。

不痒才怪,像鸡窠。

嘿嘿,不痒到你这里来?多擦点肥皂。

肥皂不顶用,用碱。

师傅端来一盆热得发烫的清水。湿了头发,先用碱止痒,再用肥皂去污。洗了,再打一遍肥皂。再揉,再洗。洗得后脖子红了,这盆水灰暗了。

师傅把脏水泼在门前镂空的石板上。石板下是阴沟。

再换一盆热水。

顾客再坐到镜子前,头都轻了。

师傅又出现在镜子里。他解开围布,重换一

块,用剪子、推子微观处理,再用剃刀处理局部。然后放躺椅子,让顾客脸面朝天。

顾客前一段时间低头、窝着肚子,现在舒坦地躺下来。

师傅从钢精锅里夹出一块烫毛巾,捂住顾客整张脸。他选出一把剃刀,大拇指在刀锋上试一试,然后在一块长条磨刀布上,一正一反、一上一下地磨试。那块磨刀布挂在镜子旁,已经光亮可鉴。

师傅掀开毛巾,刀锋在顾客红热的面皮上游走。他不看顾客的脸,听旁边的顾客在说冬季兴修水利的事,涉及迁坟。

假使不迁坟,河就要绕个弯子。
啊!坟哪里说迁就迁啊?
怎么不能迁?
这个……风水……老祖宗的坟,哪里能……
这你就不懂。兴修水利,为的是民生社稷,鬼神也是要买账的。
倒也是……

师傅又在顾客脸上捂一块热毛巾,然后掏耳朵。顾客心痒如蚁,飘然若仙,不知不觉就睡着了。

"好了!"师傅说着,拍拍顾客的肩膀。

顾客醒过来。蒙眬的眼睛看到,镜子里的那个人,头发服帖得像揭了伪装的草帽,脸皮如同换肤。

面貌一新。

"好!好啊!"顾客说,"真是'顶上功夫'啊!"

师傅有些陶醉,说:"你都可以再做一次新郎了。"然后拿起围布抖开,又圈住一个顾客。

师傅姓吴。

理发店的师傅自视甚高。他们凭手艺吃饭,但不要风吹日晒;手经常接触肥皂水,伸出来白净得像知识分子;理发要慢工出细活,说话跟着手上的节奏,慢条斯理,也像有学问的人;顾客无论是领导,还是高个子,到这里来都必须低头……

但是,他们并不自傲,知道自己是手艺人,就在技术上精益求精,和气生财。

能在街上理发店工作的师傅,手艺都高。他们等顾客上门,现金交易。也有一些手艺一般的师傅,在埭上行走。夏天坐在树荫下,冬天坐在门内的阳光里。顾客可能给钱,可能赊欠,也可能给一个鸡蛋。

到老家理发店来的顾客,不仅是老家街上

的,也有埭上的,还有其他地方慕名而来的。

　　理发店的师傅,年龄渐渐大了,接受新事物的态度却很积极,反应也快。他们看到电视上的时髦发型,马上落实到顾客的头上,还会取神形兼备的名字。比如,有一种适合女孩子的发型,前面的头发高高地翘起,他们取名——

　　　　燃烧吧,火鸟。

生猪收购站

生猪收购站在永济港北岸,马路东面。

生猪收购站沿港建筑,东西走向,门朝西。进去是一个大厅,那里是收购生猪的地方。

猪的四蹄被捆着,一条木杠穿过,两个人抬过来。猪悬在半空,满眼是从来没见过的天空,鬼哭狼嚎。个子大的猪,待遇好,被板车拉过来。猪被板车颠得很舒服,发出哼哼唧唧的声音。

到了收购站,两头猪被放到地上。出门前,它们不约而同被洗过,干干净净。它们不知道,它们的干净是主人的面子。它们不知道的还有,为什么会到这里来。它们大气不敢出,静观其变。

一头猪被秤钩钩住捆绑四蹄的结。一切都颠

倒了。猪无法再装下去,呼天抢地。

"96斤。"一个高个子中年人说,"二等。"他边说,边用长剪刀剪出两条杠。

另一头猪被倒提起来。这头猪看到刚才那头猪没遇到什么危险,所以镇定自若。

"162斤。"高个子中年人说,"一等。"他边说,边用长剪刀剪出一条杠。

两头猪被松绑。

两头猪分出高下了,一等猪唯我独尊,踱来踱去,二等猪惭愧得无地自容,只得贴到墙角。

让两头猪搞不明白的是,二等猪的主人对评价似乎很满意,一等猪的主人却对评价很有意见。

不应该是一等,应当是特等。一等猪的主人说。

高个子中年人问,为什么?

96斤还二等,162斤,多出66斤才一等?一等猪主人说。

高个子中年人说,你看,虽然只有96斤,但背多宽啊,肉多。

一等猪的主人不相信这个解释。他要为自己争口气。

高个子中年人说,我们杀出来看,如果是特等,我就按特等算账。

一等猪似乎听到了"杀"字,顿时明白了危险处境,夺路而逃。但它慌不择路,穿过大厅跑到里面。前面有一个人拦着,它急忙收住脚、拐弯。有一扇栅栏门开着,它冲了进去。栅栏门关起来了。它静下来一看,发现进了猪圈,一圈猪都是一等。

大厅过去,是一个大通间,有4个猪圈,最前面是三等猪待的地方,然后是二等、一等和特等。

特等猪高大肥胖,像大干部。一等猪只看了一眼,就明白自己与特等之间的差距。

二等猪瞧不起一等猪的慌张。为了挽回刚才鬼哭狼嚎的负面影响,摇头摆尾,顺着人的指引,走进二等猪圈。

不一会儿,二等猪看到,有人抓住刚才那头一等猪的耳朵向外拖。

一等猪四蹄撑住地面,身体向后用力。这时候,高个子中年人走进去,对着它肥硕的屁股踢了一脚。它借势拔腿就跑,等到再收住脚,发现逃跑的线路是一条死路。它只能拐弯,进了屠宰车间。

屠宰车间躺着两头猪,一头一动不动,一头不时抽搐一下。还有一头猪挂在梁上,已经开膛,内脏堆了一地。

一等猪知道大事不好。当它再想转身的时

候,两个人上来,其中一个人嘴边咬着刀。他们很有经验,抓着猪鬃顺势一拽,它就被放倒了。

"嗷……"一等猪明白,最后的时刻到了。它想喊,嘴巴被一个人捂住,头被向后猛拉。它听到有一个脸盆放到它的脖子下。它觉得心口一冷、一痛,然后一热,觉得有东西要向外喷。它赶紧憋住。

二等猪听到一等猪的惨叫,忧心忡忡。过了一会儿,它发现没人理睬猪了,其他猪都是气定神闲,有些不好意思自己的没见过世面,到食槽的最边沿吃几口,在猪圈的角落占一个位置,开始过集体生活。

有一个人端着脸盆,骂骂咧咧向外走:那么大的猪,就这么一点血。死猪!

所有的猪都不知道里面发生了什么事,但看到人气急败坏,都想笑出声。

生猪收购站有两个功能。一个是中转,一个是屠宰。老百姓家养的生猪,是不能随便杀的,除非偶尔一次暗杀。生猪要按规定卖到收购站去。收购站定期将生猪运走,每天按计划屠宰几头,供应市场。

高个子中年男子,是生猪收购站的收货员。他负责给猪称体重和判等第。

判等第很重要,是在算计猪的出肉率。有的

猪个高体大,其实是一副骨架子;有的猪看上去矮小,但既结实又肥膘。等次估高了,国家吃亏;估低了,卖猪的吃亏。

高个子中年人能做到两头不吃亏,判断很准,下手果断——二等,不由分说。如果觉得他的判定有问题,他不说一句废话,一挥手,猪会被拖下去当场宰杀,然后称出肉的斤两。他的判断准确无误。

到收购站卖猪的,没有不敬畏高个子中年人的,递笑脸,递烟。高个子中年人不看笑脸,接过烟夹到耳朵上。他两只耳朵上都是香烟,但无论有没有笑脸,有没有烟,他都不苟言笑,一视同仁。

高个子中年人,姓刘。

很多人会到生猪收购站来。

有人来看高个子中年人收购猪,希望能看到卖猪的不服气——但不服气的时候很少。

也有的来看自己家卖的猪。

又来啊?放不下?

养了大半年,总有些舍不得。

舍不得也得舍。

呵呵。猪瘦了。

怎的不瘦?你卖猪,让猪死吃,是为了卖

好价钱。我们再死喂它,不蚀本啊?

总之要好好待它。它有死罪,没有饿罪。也是一条生命,就是不会说话。

发善心啊?唉,发善心,就不要养它。

看到猪还在,都是很亲切,热情吆喝。只是猪不认识主人了,形同陌路,无动于衷。

更多的时候是猪不在了,怅然若失,心里会说"早死早超生"。

还有人来等杀猪,带着脸盆买猪血。买猪血要靠运气。有些猪肥大,但憋住气,不让血出来,脸盆里的血少。有些猪瘦小,控制不住自己,血全喷到脸盆里。

猪多了,就会来一辆带挂的卡车。几个人站成夹道的模样。猪一眼就看明白,那是它们的道路。前途虽然未卜,但它们知道,只要听话,至少暂时没有危险。于是,它们被水冲洗得干干净净,一头接一头,出圈,出门,走上木板铺成的斜道上车。

猪们不知所终。

学　校

中心小学在老家街与马路之间,汽车站北面。

小学有一个大院子。大门开在南边的一排房子正中间,办公室在北边一排房子偏东,东边一排房子是厨房、仓库,其余的房子都是校舍。小学两轨,每个年级有两个班。

小学里有一个幼儿园,在南边一排房子的最东面。幼儿园在很长时间里,只有一个姓王的女老师,和蔼可亲。

小学的操场在院子里,跑道是从东北到西南的对角线;西边教室门前有几张水泥乒乓球台,东边厨房门口有一个篮球架;厨房南墙边、幼儿园门前,有一个沙坑,沙坑上有一副双杠。

学校后面是一块菜地,被围墙围住。

在老家，无论是街上还是乡下，孩子入学都是一件大事情。

报名这一天，家里要包馄饨给孩子吃。意思是把"混沌"包起来，让孩子吃掉，孩子学文识字就不会遇到困难。一家人跟着改善一次伙食。即使家庭困难，包馄饨也不会省略，哪怕只包几个让孩子吃，而且馅里还要放一些肉——再穷，不能亏待孩子，不能让孩子低人一头。

报名的时候，一家人都去，放眼望去都是大人，孩子就在大人的腿边。

"这位小朋友，说一个儿歌给老师听听啊。"老师说。

孩子被家长推到前面。孩子想也不想，随口就说——

织布娘娘织布
嫦娥姑娘养兔
……

孩子一开口，大家就笑了。爷爷奶奶最开心。这些是他们教的，孩子的口气、神情，都是他们的。

"这位小朋友写几个字给老师看看。"老师说。

孩子拿起铅笔，在田字格上认真写着。也有孩子带来了笔墨纸砚，写毛笔字。家长磨墨，孩子写字。孩子的字越写越大,很黑。

老家有写毛笔字的传统。老家即使最不起眼的小店铺,招牌也必须是毛笔字写的。如果招牌上的毛笔字写得不好,门都不好意思开,顾客也不会上门。

老师说:"这位小朋友,念几个数字给老师听听。"

"一二三四五六七八……十九二十——"孩子为了表示熟练,一口气念下来,脸憋得通红,身子矮了下来。

"好了好了。"老师怕出事,急忙说。

"二十一二十二二十三……"孩子一直说到吐不出气来,脸煞白。

"一百,九十九,九十八,九十七……"有的孩子别出心裁,从一百往回数。

这些数字,都在爷爷奶奶的一次次教诲中,滚瓜烂熟了。

上学就要学普通话。

老师们大多数不会说普通话,少数人会说,也是满嘴口音。但这难不倒老师,老师对着喇叭学。公社的喇叭家家入户,电线杆子上也有大喇叭,早晚会播送中央人民广播电台的新闻、县人民广播站的新闻。喇叭平时没有声音,除非公社有通知。

老师在黑板上写上"北京",再写上拼音"běi jīng",说：

　　北,不爱剥,剥京——念

同学们在家也听喇叭,接受能力远远超过大人。他们一听老师的发音,觉得与喇叭里说的不同,也不纠正老师,跟着说出的却是——

　　北,不爱北,北京——念

老师看看黑板,想想,默默念了几遍,说——

　　剥,不爱北,剥京——念

同学们继续说——

　　北,不爱北,北京——念

老师感觉到不对,但不知道谁不对,更不知道错在哪里。又默念几遍,说——

　　北,不爱北,北京——念

"对了!"同学们为老师鼓掌。

老师不知道自己对在哪里,不敢再念,赶紧换下一个——

两,勒夹脸,脸个——念

同学们来劲了,说——

两,勒夹两,两个——念

……

街上的中心小学,主要接收街上和附近埭上的小学生。

其他孩子就近入学,大一点的埭都有办学点。

办学点就一间房子、一个老师。学生分成两拨,一拨学语文时,另一拨做算术作业;做算术作业的学语文时,学语文的做算术作业。

两拨学生都做作业时,老师就在墙角的灶台上做饭。

有的办学点复式教学,几个年级的学生同坐一间教室。

小学办学点最明显的标志,是屋顶上竖着一杆国旗。

看电影

文化站有放映员,也有放映设备,能经常从县里申请到新影片。

下午三四点钟,两个人从文化站出来,到十字街口西侧竖毛竹。竖一根,再竖一根,把一块厚实的白布系在一根横档上,升起来,下方固定好。

银幕拉起来了。

银幕的正面朝西,对着公社大门。

有人从文化站里端出一张桌子,放到西街的中心,又有人把放映机摆到上面。放映机被一块布盖着,居高临下。

几乎在第一时间,几个人端来凳子,摆放在这张桌子四周。这几张凳子,有街上人家的,也有为公社领导准备的。

放电影的消息不胫而走,陆续有人扛凳子过来,划分势力范围。有人留在现场,打扑克,聊天,维持秩序,不让凳子被晚到的人移走。

孩子们放学了,听说要放电影,家也不回,找到自家的凳子,趴在上面写作业。一边写,一边打嘴仗:

我的地雷爆炸啦……

嘴上说多了,开始有动作。他们在凳子上跳,往凳子下钻,绕着凳子追,也有的在凳子间推铁环。秩序很好的现场,被他们搞得一片狼藉。看管现场的大人们一边骂,一边摆凳子。

天越来越黑,到西街来的人越来越多。等天完全黑下来,西街已经人满为患,文化站房顶、窗台上都是人。晚来的人,只好坐到东街,准备在银幕的反面看。

就在大家等得不耐烦,开始有嘈杂声的时候,文化站的门开了,两个放映员走出来。他们在大家的注视中,跨过一张张凳子,走到中央的桌子边。一个揭开幕布,一个从圆盒子里拿胶片。突然,放映机射出一道光柱,把银幕抓在光圈里。大家眼前顿时亮堂,仿佛整个世界就银幕那么大。

先连放《运动员进行曲》,这是在催路上的乡亲。

然后放《新闻简报》第八号、第九号、第十号、第十一号。

今晚又是"跑片"。

大家起哄,整齐地喊顺口溜——

中国电影,新闻简报!
朝鲜电影,哭哭笑笑!
越南电影,飞机大炮!
阿尔巴尼亚电影,搂搂抱抱!

由于片源稀缺,一部新片子到县里后,往往需要在几个不同地点播放。一部片子分几盘胶片,第一盘放完,立即被人取走,飞快赶往下一个放映点;下一个放映点放完,再飞快送给第三个放映点。如果第一个放映点晚上七点钟开始放正片,第五个放映点放正片的时间,就有可能会到半夜。所以,放正片之前放《新闻简报》,既是让大家了解时事,也是不得已而为之。

《新闻简报》又放了一遍。

十点钟,终于等到了第一盘胶片。

街上放露天电影,都在西街。

有一次,街上要放越剧电影《红楼梦》。几天前就有消息,但都不确定。因为不确定,所以大家把每天都当是真的。一过中午,西街都是人。直到晚饭后,看不出一点动静才肯回家。有些人,干脆把凳子留在街上过夜。

消息确定了。

太阳还在天上,街上已经被挤得水泄不通。公社书记从埭上回来,无法进西街回大院。乡亲们还源源不断地往这里赶。很多年不出门的老太太,也被用自行车驮过来,甚至坐在椅子里被抬过来。

公社怕出事情,把两根毛竹竖在田野里,拉上银幕。

半夜,终于等到第一盘胶片。老家本来是跑片的第三站,但是有排在后面的抢在前面拿走胶片,半路上又杀出了本来没有列入计划的放映点。结果老家不仅看迟了,也把顺序看乱了。

天亮了,田野里密密麻麻的人。放映机的光线在阳光里软弱无力,银幕上一片白,只是耳边的声音还真切——

宝玉:天上掉下个林妹妹,似一朵轻云刚出岫。

黛玉:只道他腹内草莽人轻浮,却原来骨

格清奇非俗流。

宝玉：娴静犹如花照水，行动好比风扶柳。

黛玉：眉梢眼角藏秀气，声音笑貌露温柔。

宝玉：眼前分明外来客，心底却似旧时友。

……

大家"听"完全部胶片，已经是上午十点钟。

县流动放映队也会分小组送电影下来，一般都是老片子。但不管片子多老，只要大家没有看过，那就是新的。即使是看过的，再看一遍也很愿意。

流动放映小组一般是两个人，一人一辆自行车，一辆拖着发电机、放映机，一辆拖着银幕，每辆车的边上都挂着一个放胶片的圆盒子。县流动放映队有七八个小组，这些小组分片负责放映工作。

他们总是突然出现在村头。

"董队长，来啦？"

"董队长，在哪里放电影啊？就在我们这里吧。"

"董队长，我们晚上招待你喝酒。"

"董队长,什么片子啊?"

大家不知道他们要在哪个埭上停下来,一边跟着,一边问。他们不说话,笑着,在埭前的道路上骑得歪歪扭扭。有时候就在这个埭上停下来,有时候会停在另一个埭上。

晚上,电影就在晒场上放。一根线拖出很远,一头连着放映机,一头连着发电机。

老家这一片的放映流动小组,组长姓董。大家都喊他董队长。

天赐芦苇

芦苇,天赐老家。

老家的南部和东南部临江。除此之外,老家还有处在江心的江心滩。

春天越江而来。

老家先知。

老家的江滩先知——

江滩的枯草根、松土层,出现了一个个绿点。它们密密麻麻,由远而来,由近而去。它们就是芦苇。没几天工夫,江滩上的芦苇高了,水里的芦苇露头了,岸上也冒出了芦尖。绿的面积,立即翻了好几番,漫无边际。

芦苇,像无数士兵组成的部队,在泥土下潜伏一个冬季,现在泅水登陆,抢登滩头。

江风凛冽,江水浩淼。

无数的芦苇已经上岸,无数的芦苇快要上岸,无数的芦苇刚露出头,还有无数的芦苇隐在水下。

它们绿出一种气势,一种力量,一种希望。

江心滩上,新生的芦苇无所顾忌,想去哪里就去哪里。仿佛只是眨眼工夫,它们就把江心滩覆盖了。

这块从江心长上来的沙地,郁郁葱葱,像一道天然的绿色屏风。

芦苇势不可当,在岸上、滩上、水边安营扎寨。

每一根都挺拔。

每一根都硬朗。

每一根都坚韧。

每一根都彼此称兄道弟。

它们组成一片辽阔的、立体的绿海。这绿海是从江水里生长出来的,在岸上随江风起伏,在水中随江风涌动。

岸上的芦苇里,争先恐后爬出螃蟹。

螃蟹把朴实无华的洞穴建在岸上,举着两只螯,横着身子进进出出,乐此不疲。它们能在一秒钟内聚集、群居,熙熙攘攘,也能在一秒钟内疏散、隐匿,无影无踪。

它们源源不断，从不拒绝人的捕捉。只要抓住它，洗干净，放在碗盆里，倒进高度白酒，加少许糖、盐、生姜丝醉泡。七八个小时后，就可以食用。味道鲜美，色泽自然，肉质生嫩，还有消痰化瘀的辅助药物功能。

江滩捕捉蟛蜞的人很多。专门有人来江滩收购蟛蜞，贩卖到外地。

百鸟飞来，觅食、捉虫。它们把窝巧妙地建在芦苇上，下蛋、孵化。

水里的芦苇，是鱼的领地。芦苇遮天蔽日，芦苇上和水里的昆虫无数，是鱼的美餐。大大小小的鱼闯进芦苇荡，如同进了天堂。如果看到某处芦苇剧烈摇动，一定是大鱼在追逐，或者咬食芦苇。

长江在很远的地方，露出如带一样的水，波光粼粼。

很多人来"打"叶子——把芦叶从芦秆上撇下。

打芦叶，看似简单的劳动，只要把叶子撇下，但要把无数的叶子撇下，还要选柔韧度正好的叶子，那就是长时间在做枯燥而艰辛的劳动——

芦叶把虎口、手掌割锯得血肉模糊。

有时候，芦叶会戳到眼睛里。

芦苇荡里，密不透风，异常闷热。为了防蚊

虫叮咬,必须长衣长裤。

芦根和泥里的蚌片、螺壳,常常把脚板划破、刺穿。

进入芦苇荡,必须定好方向,否则如同钻进迷宫,找不到归路。必须算好潮汛的时间。万一涨潮,水无声无息地涌来、漫起,不提前上岸,那就是灭顶之灾。

有些人,就是这样失踪的。

因为芦苇千家万户需要,所以要取之不竭。

因为取之不竭,所以价格便宜。

因为价格便宜,所以要打更多的芦叶。

因为要以量取胜,所以枯燥艰辛的劳动时间更长。

但这个更长的时间是相对的。打芦叶,不是贯穿全年的活计,只能集中在芦叶好、节气对的时间。因此,每天打芦叶,必须争分夺秒,必须夜以继日。

但没有叫苦和怨言。有芦叶可打,感激还来不及。

芦叶一片一片摞好,被一船一船划走,被一车一车拖走。它们不仅会成为家家户户包粽子的粽叶,还贩到江阴、张家港和无锡。

端午过后,芦苇不再在叶子的生长上下功夫,而是集中精力长芦秆。

一星灯火
YI XING DENG HUO

芦苇如竹,节节上拔。与此同时,芦秆还在增粗加硬。

当夏天的大风、大雨和大潮袭来的时候,芦苇做好准备了。

它们因为绝不节外生枝,所以根根紧靠,互相支撑;

它们因为柔而有刚,所以风吹不断、浪打不倒;

它们因为适应性强,可旱地生存,也可择水而生,所以即使大潮没顶,也淹不死。

老家的芦苇,就这样像经过炼狱一样,带着优秀的品质,走进秋天。

芦苇不再生长,却用全部的力气长出芦花。每一根金黄的芦苇,都高举着一柄芦花。芦花灰白,连成一片,漫天飞舞,茫茫苍苍。

当小麦播种之后,老家不歇一口气,收割芦苇了。

芦苇高可达3米,靠人工用镰刀收割,绝非易事。如果要把如海一般的芦苇全部收割,那是要脱几层皮、掉几斤肉的劳作。

老家人不怕脱皮、掉肉。他们穿长衣长裤,扎着毛巾,带着镰刀和磨刀石,带着干粮和碗,来江滩收割芦苇。

完全是收割麦子和稻子的姿势,但要比那种

姿势粗犷和用力。右手将镰刀贴近根部,向里用劲平拖刀锋,芦苇倒在左手怀抱,再躺到地上。

周而复始。

芦苇收割后,寒江宽阔,白水流淌。

蒹葭苍苍。

在水一方……

芦秆,可以编织各种尺寸的席,可以编织各种筐。

芦苇还可以建房子——芦壁、芦顶。就地取材,冬暖夏凉,即使被大水冲没,损失不大,重建也容易。

芦花可以编织芦花鞋。在老家,家家户户有编织芦花鞋的能手。几根芦花、几根稻草,加上编织,就是一双鞋子。芦花鞋价格低廉、实用,穿在脚上,即使衣单、肚饥,暖流也从脚下生起。

……

江滩芦苇,无需播种、耕耘和灌溉,春来即发,一年一茬。用现在的眼光看,似乎是原生态,是不可多得、不可或缺的美景,但在艰难困苦的岁月,却是救急、救命的财富。哪怕能给人微弱的希望,都能激发起求生的本能。

天赐芦苇啊!

如今,江堤成为高等级公路,曾经芦苇遍地的江心滩,正待开发。江堤之外的江滩上、江堤

内的农田边,以及江心滩,依旧忍不住冒出成片的芦苇。

芦苇很体面地站着。

它们是老家对长江泥沙堆积的记忆与追溯,是老家对往昔生活的纪念与凭吊,是老家对天赐的怀念与感恩。

四 月

四月。

小村。村东头的土坯房。

王老太从床上起来了——一个冬天和半个春天,她没下过床。

扶着门框,探出头,接着,伸出榆木拐杖,跨出一只脚,又跨出另一只脚。于是,整个的她,就在四月里了。

头发,像远山的积雪;脸,像河边的老柳。

小脚,挪向村外,沿着村前的小河。

河滩,青青的草;河边,半人高的芦苇。不时,什么小生灵"咚"的一声跳进河里。

"怕什么呢,我会逮你们么?"她知道是她惊动了它们。

她拢拢头发——小时候,她就喜欢拢拢头发;揉揉眼睛——眼睛被阳光刺得生疼。

前面,一个开阔的世界:天,蓝蓝的,蓝蓝的天上,几朵白云;水,清清的,清清的水里,几只白鹅;田野,绿绿的,绿绿的田野,几点人影;风,从远方来,暖暖的,甜甜的……

真好!真好呵!

躺在床上的时候,不少人去告诉她外面的事情。

"等您好点了,我们扶您出去噢。"

她点点头。人们走了,她流下了泪:"唉,奔那条路的人了。"

她以为起不来了,永远躺着,直到咽下最后一口气,直到被埋进黄土——祖祖辈辈都是这样的,一辈子不肯躺下,躺下,就再也没能起来。

但是她起来了!

只是觉得要起来,于是,就下了床。刚站住,腿一软,瘫在地上,静静地坐了一会儿,拄着拐杖,慢慢地,站了起来,走了起来。

她有些得意,瘪嘴努了努,皱纹深了,像一朵野菊。

"嘟——"

什么声音？王老太站住脚，侧着头。

"嘟——"

她回过头。声音，是从不远处的树林里传出来的，还带着"哧哧哧"的笑声。

不由自主，她走了过去。

原来是群孩子！有的伏在地上，跷着腿；有的盘坐在树上："嘟——"

"这声音是怎么弄出来的呢？"

她向他们走去，慢慢地、悄悄地，从这棵树后移到那棵树后。袖口，拭了拭眼睛，眼睛有些模糊。

一个男孩子，伸手摘一片绿叶，卷起了一个扁扁的管子，半含在嘴里，鼓起两腮："嘟——"

王老太的心"怦"地一跳。

摘下一片绿叶，回忆着男孩子的做法。手，抖抖地，叶子，从她的指缝中飘落，悠悠地。弯下腰，拾起，擦擦，卷着。一用劲，叶子折断了。把它放进口袋。很是惋惜。按按胸口，又摘下一片叶子，卷好了，送到唇边。刚要吹，又想起了什么，捂住嘴，向四周看看：

树林，在风的伴奏中，哼着小调，很快活；孩子们，说着，笑着，追着，吹着……

谁也没有注意她。

她放心了,轻轻地咳了一下,鼓起瘪陷的两腮,嘴唇一阵紧张:

"嘟——"

吹响了!

噢!手脚不灵便,人老了,可还吹得响!王老太兴奋起来,望着叶笛,摸摸两腮——腮胀痛,舔舔嘴唇——唇干涩。

树林,静了下来。

孩子们听到了笛声。他们知道:这声音,不是他们中间的谁吹的;这声音,好像是从很远很远的地方流过来的。于是,他们睁大眼睛,四处搜寻。

于是,他们看见了她。

王老太的脸,火辣辣地烫。她低着头,捶着背,装出没事的样子,叶笛握在手心。

孩子们的目光瞄过来,停留在她身上,带着疑惑,随即又跳开了。

"是谁吹的?"

"喂,出来,我们看见了!"

孩子们乱咋呼着。

她的眼里,流露出悲怆和凄凉:这是你吹的么?这是孩子们的噢!她看看自己:黑棉袄,黑

棉裤,打着绑腿,小脚,手伸出来像树根。

手心湿漉漉的,摊平手掌——叶笛被捏碎了。鼻子,酸得难受;眼里,滚出两行老泪。

唉——

她把叶笛搓成碎末,扬起来,让风吹走。吹走吧,连同她和她不该有的念头,吹得越远越好!

但是,她还是抬起头,望着满树的叶子。叶子,在风中"唰唰"摇动着,像是在向她招手。

还是摘下了一片叶子,还是卷了起来。"嘟——"叶笛更响了,更脆了,赌气似的。

浑身一阵燥热,解开领口,顺着树干坐下,坐到地上,拐杖横在腿上。

她在吹,闭着眼,头,有节奏地轻微摆动。笛声里,飘过来了她的童年:草筐、裹脚布……

"嘟——"

她在吹,不是用嘴,而是用整个身子,用整个心。她一点也不觉吃力,越吹越轻松、快活。她好像是风,她好像是云,她好像是叶笛,一个能吹出"嘟——"的叶笛。

"嘟——"

孩子们都看见她了,悄悄围了过来,望着她。他们瞪着眼,张着嘴,大气儿不敢出,怕惊动了

她,怕惊跑了她的笛声。

王老太睁开眼睛,想缓一下急促的呼吸。眼睛,亮了一些;脸,红润了些。看到他们,她一阵恐慌,像做了错事,忙把叶笛塞进口袋,拄起拐杖,站了起来。

"我,我没有吹……吹得不、不好,学的,向你们……不是,我,不会……"

"是奶奶吹的。"

"奶奶你怎么不吹了呀?"

小雀儿一样,孩子们围着她。她拢拢头发——年轻的时候,她就喜欢拢拢头发。他们的声音真甜,他们长得真惹人疼。忍不住了,她摸摸一个男孩的头,又拉拉一个小丫头的辫子。

"奶奶,我们一起吹,好吗?"

她有些迟疑,终于,点点头,掏出口袋里的叶笛。孩子们也卷起了叶笛。

"嘟——"

"嘟——"

他们吹着,心里,有一只会唱歌的百灵。

她吹着,心里,有一只会唱歌的百灵。

她和他们的声音,混在一起,起先还不协调,一会儿就和起来了。

沿着河岸,王老太和孩子们进村。

孩子们有的腋夹棉袄,有的拎着帽子,有的

肩上挂着鞋、光着脚。一只手放在唇边："嘟——"脚步,抬得老高老高,又重重地落下。

王老太的对襟棉袄敞开了,一条绑腿松了,挂着拐杖,一只手放在唇边："嘟——"她的腰有些疼,脚步也变得很沉,但她努力跟上他们。

"嘟——"

村里的人,第一次见到这阵势,第一次听到这么齐、这么亮的声音,都停下手中的活计,看着他们——

四月啊!

拼死吃河豚

河豚是洄游性鱼种。每年早春,它们从大海游进长江,然后逆流而上。最远,它们经过靖江,上游到镇江的扬中,四月底就销声匿迹。

河豚进入长江,游到靖江水域,正是肉质和味道最好的时候。因为季节性很强,一年中的大半年不可能看到它们,就有了神秘的色彩。它们似乎也在向神秘上靠拢,长出了类似迷彩服的花纹。

河豚的这身花纹,在水里、水草里,具有很强的隐蔽性,但一出水,就麻烦了。这就像特种兵,在丛林和夜色里,鬼都发现不了他们,但走在大街上,暴露无遗。所以,河豚很好确认。

河豚的另一个外形特点,在肚子上。肚子鼓

鼓的，与整个身子不相称。所以，在我的老家，河豚又叫"气鼓鱼"。

河豚味美肉鲜，但剧毒。河豚的血、内脏、眼睛含毒素极高，稍有不慎，就会中毒死亡，但它们的味道实在鲜美，鲜美到冒再大的风险也想一试。

传说，苏东坡到靖江，面对一桌鲜美的河豚，二话不说，坐下来埋头大吃。忽然，他丢下筷子，大叫一声："也值一死！"

因此有"拼死吃河豚"一说。意思是，吃河豚，风险极高，极有可能会死。但哪怕死，也要吃，因为鲜美。

"拼死吃河豚"已经天下扬名，成了不惜代价去做某件事的代名词。

每年早春，河豚从大海游进长江，逆流而上，过南通，经靖江，最远上游到镇江的扬中。

在海水中浸泡的河豚刚进入长江，没有经过长江水的淡化，没有得到长江浮游生物的营养，而且满身脂肪。此时的河豚，属于"幼年"期。

河豚游到扬中，不再向上。扬中水面平缓，便于停留；河豚没有时间向上了，要在平缓的水面完成洄游的使命——产卵。因为长途跋涉，河豚的肉质有些结实了，身体机能都是为产卵准备的。此时的河豚，当属"壮年"。

靖江处于长江口到扬中的中部。靖江有53千米长的江岸线,河豚过境时间长。河豚进入靖江,海的特质已经滤清,长江丰富的生物已经滋养了它,身体机能蠢蠢欲动。此时的河豚,正值"妙龄",也就是"正是河豚欲上时"。

所以,靖江的河豚,肉质好。

肉质好,还要做得好。

长江沿线,做河豚的地方很多,但靖江做得特别好。

靖江有陆地的时间不短,可以追溯到东吴时期,但设县在明成化年间。迟迟不设县,因为这里是荒滩。

荒滩也有居民。"富奔城,穷奔滩。"意思是有钱的人往城里跑,没钱的人往荒滩上去——那里环境险恶,但官府顾不上,开荒免赋税,是走投无路的人的天堂。所以,靖江最早的居民,有军牧的,有避难的,有逃荒的,有开垦的。他们身上,都有冒险的因子。

拼死吃河豚

PIN SI CHI HE TUN

这种冒险,也表现在敢于最早做河豚,敢于最早吃河豚。

前赴后继。

想想吧,从有人第一个吃河豚,到河豚的做法被人掌握,中间有多少人送了性命。

即使烧得最保险的河豚,也会含有微量毒

素,吃到最后,嘴里发麻——这算恰到好处。这就像会喝酒的人,要喝到微醉一样。

靖江人敢冒险。

我上小学的时候,早春时分,如果远远地看见有人在一片空地上,面前有一个大木盆,那就是在杀河豚。

准确地说,是一个难得的高手,在杀河豚。

我的心顿时就紧张起来。

"千万不要说话啊!千万!"大人叮嘱。

有人洗河豚的时候,千万不要大声说话,怕分散他的注意力。如果他的手指被划破了,河豚的毒素进入血液,那他就没救了。如果他把内脏的膜搞破了,河豚的毒素侵入肉里,那做成的就是毒药。

洗河豚的人必须格外小心。自己的生命,别人的生命,都在他手上。洗完后,他必须把眼睛、沾上血的土和没有用的内脏深埋。

但又不能把所有的内脏扔掉、深埋,比如鱼肝。这些虽然剧毒,却又必须与河豚同烧,否则味道会大打折扣。明知剧毒,却还要一锅烧,这很要命。更要命的是,如果一锅里面见不到鱼肝,厨师的脸没处搁,大家吃得也不尽兴。

厨师的脸没处搁,还怎么混?

吃得不尽兴,比没吃还糟糕。吃一次,就面

临一次生命危险,那么,豁出去的这一次,就希望痛快淋漓,死也要死在最恰当的时候。如果这次不尽兴,就得下一次,于是,生命就多面临一次危险——谁知道有了这一次,还有没有下一次?谁知道这一次侥幸过关,下一次还能不能有此侥幸?

烧河豚非常不简单。长江三鲜,刀鱼之美在于鲜,鲥鱼之美在于味,河豚之美在于香。

靖江传统制法叫作"铺油烧"。"铺油烧"的河豚称得上"极品美食"。烧河豚,放青菜或者秧草,不但河豚好吃,青菜和秧草也奇香。谁家烧河豚,瞒是瞒不住的。方圆几里的空气中,飘散的都是那让人垂涎三尺的香味。

烧河豚很有讲究。

靖江人讲究。

既大胆,又小心;既谦逊,又自信;既老练成熟,又精力充沛;既满腔热忱,又头脑清醒。不具备这样素质的人,不敢烧河豚!即使重赏,他也不敢!

河豚烧好后,厨师必须先尝,必须当众尝。

这不是王法,但这是规矩。王法可以一犯,但规矩却没人敢破。

这个规矩决定了敢烧、能烧河豚,而烧了河豚又能让人敢吃的厨师,没有几个。

十分钟过后,厨师没事,说明河豚烧成功了。但这还是第一道防线,防线还有第二道。

河豚在厨师尝过后,必须是主人先动筷子。

这也是规矩。

一分钟过去,主人没事,大家就可以吃了。河豚不上席。即使上席,主人也不会劝客人吃,敢吃就吃,不敢吃就算。

靖江人不害人。

大家可以吃,并不是说没有后顾之忧,危险性依然高度存在——万一厨师、主人中毒了,反应慢呢?

有一个真实的故事。

一个著名的烧河豚的厨师,尝过河豚,主人也尝过河豚,大家也吃了河豚,安然无恙。

大家疑似死里逃生,个个万幸,对厨师赞赏有加。

厨师很高兴,用剪刀撬开酒瓶塞子,就着河豚的残羹喝起了酒。

意想不到的事情发生了:厨师死了。

——厨师一高兴,忘记了,剪刀是洗河豚时用过的。

所以,在我的记忆中,烧河豚是一件非常不简单的事。

河豚好吃,却又剧毒,每年都有人躺在离河

豚不远的地方。

吃完后,一两个小时内不要喝水,这样对胃有好处。有些人有胃病,吃河豚能吃好。

记得我小的时候,春节之后,每年都会在县城的画廊里,看到这样的宣传画——食用河豚的惨剧。

那上面画的都是真人真事:某村的某某,大年三十在路边捡到几条鱼,回家红烧,一家人再也没有醒过来。

我每次看了,都泪流满面。那是穷得勒紧裤腰带过日子的年代,捡了鱼,以为年夜饭有一点荤了,喜滋滋的,却没想到那是河豚——打鱼的人,一网中杂有河豚,不负责任,随手扔在路边的垃圾里。

死了,还成为反面教材,贴在橱窗里。

厨房和橱窗,阴阳之隔。

现在,做河豚的多了起来。究其原因,一是需求量大,二是真正野生的河豚极为少见。人工养殖的河豚,毒素少了。

但依然剧毒。

由于人工养殖,一年四季都可以吃到河豚。河豚少了洄游的过程,没有了季节,鲜美的程度受到严重影响。

但依然鲜美。

现在,河豚的做法也多了。我吃过红烧的,白煨的,内脏单烧的,还吃过一次生鱼片火锅——不是日本的海河豚。涮的时候,我还是有一点紧张的。

现在,老家靖江还遵守"不劝吃河豚"的古训。

虽然一年四季可以吃到河豚,但还是要尽量往季节上靠,"鲜"就有了"时"。所以,每到春季,到老家去的人特别多。他们要去吃那无法比拟的美味,也要吃那无法比拟的刺激。

当然,也有人兴致勃勃地赶去,坐上桌,却接到家人紧追过来的电话:"不许吃河豚啊!"最终没有敢动筷。等看见吃过的人安然无恙,想吃了,河豚已经荡然无存,只好暗暗惋惜,再待来年。

靖江的对面是江阴。江阴与靖江处于同一水面,但为什么做河豚不及靖江特别?

江阴在长江之南,岸边多山,水流湍急,是主航道,鱼待不住;靖江在长江之北,江滩平缓,芦苇丛生,鱼喜欢这里。

江阴在江南,江南富裕。一个人有钱了,就想有更多的钱,虽然也敢于冒险,但不会在吃上面把命当赌注。所以,江阴和张家港、昆山等地,利用天时地利,率先在经济上发展,饮食上的考究与追求变得次要。这就像一个人,如果拥有了很多,一定会疏忽最基本的需求——吃饭和睡觉。

靖江做河豚,也是得天时地利,还有人和。

所以,靖江在江北,经济上主动、逐步融入江南板块;江南,饮食上一直把靖江当成天堂。

竹外桃花三两枝,
春江水暖鸭先知。
蒌蒿满地芦芽短,
正是河豚欲上时。

河豚,最光彩和不朽的一次文字记载,是苏东坡的这首《惠崇春江晚景》。

靖江认为,这是苏东坡在靖江写的。为此,靖江还有"苏东坡研究会"。

靖江人的认为,不是没有依据。林语堂先生的《苏东坡传》,多次提到靖江。林语堂先生说,苏东坡有个堂妹嫁到靖江,他到过靖江三次,最长的一次住了三个月,并写过有关靖江的诗文。竹林、桃花、蒌蒿、芦芽、河豚,都是靖江的风物和风景。

除了《惠崇春江晚景》外,苏东坡在靖江还写了小令《渔父》四首——

渔父饮，谁家去。鱼蟹一时分付。
酒无多少醉为期，彼此，不论钱数。

渔父醉，蓑衣舞。醉时却寻归路。
轻舟短棹任横斜，醒后，不知何处。

渔父醒，春江午。梦断落花飞絮。
酒醉还醒醒还醉，一笑，人间古今。

渔父笑，轻鸥举。漠漠一江风雨。
江边骑马是官人，借我，一舟南渡。

但有人认为，林语堂先生是笔误，靖江应为镇江。

有一次，我请教南京大学教授、博士生导师莫砺锋老师。

莫砺锋老师微笑着，然后答非所问：苏东坡肯定到过江阴。

"靖江，古时候曾隶属于江阴。"莫砺锋老师说。

我知道莫砺锋老师的善解人意。我无意苏东坡《惠崇春江晚景》写作地之争，但我想说，"正是河豚欲上时"，应当是靖江（至少是江阴），因为，河豚游到镇江，春江水热、蒌蒿已高、芦芽不短，河豚已是上市尾声。

芋头里的滋味

我不喜欢吃芋头,原因就一个,小时候吃多了。芋头充斥了我小时候的胃。后来只要提起它,胃就会蓄谋已久地冒酸水。这种情况在提到山芋的时候也会发生,无一次例外。芋头和山芋,让我的童年、少年避开了饥饿,我不应该说不喜欢的话。但没有办法,胃做不了假。胃是我的,但我做不了胃的主。只要提起它们,酸水油然而起,涌进嘴里,食道就会有一种灼痛感。所以我不喜欢吃芋头。这个不喜欢,没有半点对芋头的不恭,而且不喜欢的是"吃"。

我不喜欢吃的还有肥肉。我小时候特别喜欢吃肉,尤其是肥肉。油油的肥肉,让我的胃欢天喜地。吃肉是非常难得的事。有一次,肉没烧

熟,香气在四溢,奶奶经不住我闹,拣了一块肥的给我。我一口咬下去,吃到了类似"猪"的味道。从此,提到肥肉我胃就痉挛。不喜欢吃肥肉与不喜欢吃芋头,结局一样,起因不同。肥肉是因为太喜欢吃,乐极生悲。芋头是不得不吃,物极必反。

日月如梭。吃的东西多了、好了,山芋、芋头登了大雅之堂。我仍然不喜欢吃芋头、山芋。至于肥肉,即使喜欢也不能吃了,何况一如既往地不喜欢。有一次,饭桌上有人说到芋头,说荔浦芋头好。桌上恰好有一个靖江老乡,说荔浦芋头就是大,不如靖江"香沙芋"好吃。一番争执,老乡在"刘罗锅都吃了荔浦芋头"面前无话可说。老乡事后埋怨,你也不帮我!我确实没有帮他,我顾不上,酸水直泛,只得假装埋头吃饭。

"香!沙!芋!"老乡一字一顿地说。

我抑制住酸水,心里不以为然:"不就是个芋头?"

我不得不注意芋头,是近两年的事。

有一次,我陪一个老乡去著名书法家尉天池老师家,带了两袋香米、两盒"香沙芋"。师母把米和芋头放进厨房。我们离开后不久,接到尉老师电话,说厨房里有香气,寻过去发现是两袋米里散发出来的。他问,那米能吃吗?是不是放了

添加剂?老乡说香米哎,天然的香。中午,我又接到尉老师电话,说芋头特别香,也是天然的吗?我糊里糊涂说,香沙芋啊当然香。

香米和香沙芋,居然让阅尽人间无数的尉老师惊奇,我为此专门回了一次老家靖江。在"凤凰酒楼"吃饭,我专门点了香米饭和烩香沙芋。香米确实香,嘴不知不觉就张开了,入口即化,跟着就咽下去吃第二口。一碗饭,很快没了。同桌的老乡告诉我,香米饭不搭菜,也能吃三碗。烩香沙芋端上来了。因为有香米饭做铺垫,我对香沙芋有了先入为主的印象:一定不错。果然不错,闻之清香,入口细腻,舌上有沙糯感,似乎不用咽,自动往喉咙里滑。

我不禁感叹:吃了那么多的芋头,没吃过好芋头啊!我对小时候充满了怜悯。如果小时候吃的是香沙芋,那还会留下冒酸水的后遗症吗?恐怕不会、应该不会、一定不会吧?于是我想,香沙芋不是最近才有的,既然有这么好吃的芋头,包括香米,为什么我小时候没吃到呢?

我在老家西来找到了答案。

为写长篇散文《老家西来》,我在西来采访了几天。西来是长江"涨滩"而成的,谁是最早的居民?老人告诉我,"富奔城,穷奔滩"。意思是有钱人都去城里享福,穷人都去江滩上开垦——开垦荒地,政府要减免几年税收的,所以西来最早的居民,应该是有力气的穷人。老人还说,西来人包括靖江人还有一句话,"家有千间屋,不吃鱼搭粥"。意思是,家里即使非常富有,也不吃鱼这道菜。

"为什么?"我大惑不解。靖江河网密布,鱼虾取之不尽。

"烧鱼,要放作料,要花钱吧?"老人说,"吃鱼,胃口会大开,吃的饭就多,又要花钱吧?"

我豁然开朗。

靖江在苏中平原的南端,三面临江,四季分明,土地肥沃,土中微量元素丰富。所以,地里长的,地上跑的,河里游的,人无我有,人有我优,人优我特。米,可以是香米;芋头,可以是香沙芋;青菜,可以是"黑塔菜";山羊,可以是"爬坡羊";鱼,可以是"潮顶鱼"……靖江人手巧,螃蟹可以"蟹黄汤包",河豚可以"拼死吃",刀鱼可以"刀鱼宴"……但是,我小时候全然不见这些东西,更不要谈吃。在我小时候的记忆里,吃的都是不好吃、不能吃的。不好吃、不能吃,但又不能不吃,显要目的是要生存,隐秘目的是要把胃搞小,把胃口搞坏。

那是一个不堪回首的年代。

现在,我又开始吃芋头了,但还只限于"香沙芋"。我这样说，不是做文章惯用伎俩，"欲扬先抑"，也没有瞧不起其他芋头的意思。我说的是事实。只要提到老家的香沙芋，我原来冒酸水的胃，会油然而起一股清流，那是馋得不可抑制的口水。靖江香沙芋，即使是放水里煮熟就吃，也是一种美食。我迫不及待拿起它，忍住烫剥去薄皮。口水如潮，只得赶紧送进嘴里，来不及嚼就咽下去。香沙芋一路热过喉管、食道，我的胃温暖如春。

有一天，老家的朋友给我打电话，兴奋地说在《新华日报》上看到了黄蓓佳老师的文章《靖江芋头》——

前不久去靖江，蒙主人盛情款待，席间上了一盘当地土产——芋头烧肉。芋头质量极高，粉，而且入口奇香，上桌不到片刻，芋头片甲不留，盘中孤零零瘦清清地剩下一堆红烧肉。凭良心说，肉也烧得很到功夫，起码要超出一般水平，只是芋头太好吃了，弄得满桌鱼肉都没了滋味。众人意犹未尽，仿佛商量好了似的齐声对我展开攻击，说他们仅仅起身喝一轮酒的工夫，怎么芋头就被我消灭了一半！我大为惶惑，百辩莫解，只恨福尔摩斯没有在场，不能为我一洗清白。红头赤脸地站起身到其他各桌去搜寻芋头以示赎罪,哪里还有它的倩影?早已被我的同行们风卷残云横扫一空了。

回去的路上就都赞叹:靖江的芋头真是好啊,怎么南京就没有见到呢?

我给黄蓓佳老师打电话,表示感谢。
"感谢?你感谢我做什么?"黄蓓佳老师问。
我说:"感谢你宣传我老家的芋头啊。"
"哈哈,不要感谢。我实在是觉得靖江芋头太好吃了,不写一下可惜。"黄蓓佳老师说。

倒立行走

8月底,乡下学校的应届生,都集中到镇上的中学,和我们一起准备明年的高考。我们班来了一位同学,长相平常,成绩很一般。如果有人说他高考无望,谁也不会反对。这样的人,一般不会引人注目。但是,他有一个特长,成了我们的关注点。

这个同学的特长,是用双手走路。他可以在任何时候,在任何地方,身体立仆,双手前撑,头随之向下、脸向后,双脚紧跟着向上。双手着地的时候,整个人也倒着竖立起来了。他的手就成了脚,一步一步前行,或者后退。他可以上台阶、下台阶,甚至可以上桥、下桥。他的腿也没有闲着,高举着,或者弯曲着,或者分着叉开,或者一前一后迈动。

这个同学是一个奇人。没见过世面的我们，都这样认为。他的表演，是我们课间的乐趣。有几个热衷于张罗事情的同学，在他表演的时候，分散站开。

"让开一下啦，让开一下啦。"他们煞有介事地说。

一个大致的圆圈就形成了。这个同学在中间，我们四周围着。

过了几天，我们发现这个同学有了变化。他本来只是应我们的要求表演，有时候还要故意不肯，可忽然就主动起来，一有空就手脚置换，上学、放学都是用手走。这样一来，他无意识的爱好，似乎变成了有意识的训练。

有一天，体育老师自言自语地说，我看他一定能倒着走进大学。

这话恰巧被我们听见了。

原来，这个同学一进学校，特长就被体育老师发现了。

体育老师原来是学校的明星，县教育局每学期会发给他一套长、一套短的运动服，两双运动鞋，一把哨子。他出差也多，每年至少去县里一次，参加春季学生田径运动会，要住好几天。恢复高考之后，他在学校不吃香了。学生的时间，最大限度花在学习和复习上，体育课被占用。他不甘心啊，忽然就发现了这个同学的特长。他想，如果他能让一个学生考上体育类大学，那是多么激动人心的事情。

体育老师对这个同学说："这个好！好！你再练练，这样可以直接进体育学院。"

体育老师的希望，寄托在这个同学身上。他经常掏钱，买饼干给这个同学当零食，有时候还买肉包子。

"快快快，趁热吃掉。"体育老师把这个同学喊到体育器材保管室，从口袋里掏出一个纸包着的肉包子。

这个同学暗地里专攻双手走路。

我们苦读，不知明年结果如何，他靠双手就能走进大学？我们充满羡慕或者妒忌。也就从那一天起，晚自习后，不少同学就借故不回宿舍，互相瞒着，找到僻静处，独自练习倒立。有一个同学倒栽进泥坑，头破血流，叫都没有叫一声，第二天继续练。

同学们半夜练倒立的事情，被那个同学发现了。他怕同学们搅了他的好事，哭着向体育老师告发。

体育老师躲在隐秘的地方，用三个晚上搞清楚了，一共是 19 个同学在练倒立。他个别找来

倒立行走 DAO LI XING ZOU

谈话,告诉他们,现在练来不及了。再说了,大学招这方面的人才,名额也有限,我们学校不会有那么多同学被录取的。

"至多,个把个。我有数的。"体育老师说。

同学们嘴上答应,但晚上练的时间更长了,练得更苦了。他们没听进去"来不及""名额有限",他们听清楚了"个把个"。

19个学生半夜不睡觉,偷偷地练双手走路,这是十分滑稽和可怕的事情。体育老师不敢隐瞒,向校长报告了。

"乱弹琴!"校长一只手背在身后,一只手点着体育老师,眼睛看着教室。

校长把晚上练倒立的同学召集起来,一共是20个。他说:"双手走路,没有出路。手不能说话,脚不能说话,要靠分数说话。"他手向那个同学一指说:"从今天起,你带头,不练了!"

大家不相信,连体育老师都不相信。

那个同学以为校长要劝说其他同学不练,没想到是这个结局,挣扎着说:"校长,我都能这样了——"他伸出手掌,十指从第一关节那里一律向外,已经变形了。他一弯腰,身子就倒立起来。他在下面说:"看到没有?看到没有?"

大家看到,这个同学竟然是靠左手和右手的十指支撑的,他练成了传说中的"二指禅"。

大家傻眼了。19个同学也看到了差距。

"《招生简章》,明明白白,没有招倒立的专业!"校长拍着《招生简章》说。

这一招是致命的。

体育老师眼看就要承认了,但他突然想到了什么,眼睛一亮:"校长,这是招特长生。你看,徐映荷不是戏唱得好吗?初二就被锡剧团的'小锡班'招走了。她就是特长生啊。"

徐映荷从小学起就练下腰、劈叉,练眼神、水袖,练唱功。她刚上初二,被县锡剧团"小演员锡剧培训班"招走。

校长吃不准政策了,要到县里去了解情况。

"那他们——"体育老师问。

校长想了想,说:"先——练着吧。"

教育局招生办给校长的答复是,没有一所高校招双手倒立的学生。

"特长生呢?"校长说,"我们学校的徐映荷不是到'小锡班'去了吗?"

"倒立是特长啊?这算是什么特长呢?"县招生办的同志思索。

校长追了一句:"他都能'二指禅'了!"

"啊?"县招生办的同志不敢妄自做主了。乡下孩子,即使有一点希望,也是救命的稻草。他们赶紧打电话,咨询地区教育局招生办。

"仅凭双手走路,是不可以上大学的,大学又不是马戏团。"地区招生办回答。

县招生办的同志又问:"杂技团啊,体操队啊,招吗?"

"不清楚。即使招,那也不是高考招生。再说一点,那些人,都是从小招的,哪里会招这么大年纪的?"地区招生办到底见多识广。

"你看看——"县招生办的同志双手一摊。

校长带着这个消息回到学校,体育老师当场就灰了脸。

19个同学收了心。

那个同学死了心。因为苦练,他一个学期没学习,加上基础本来就不好,功课全落下了。当天晚上,他不辞而别。

第二天下午,体育老师骑车,去二十里开外的林家埭,找到那个同学家,但没找到他。

"不能怪老师,不能怪老师啊。"那个同学的父亲千恩万谢,"老师是真心想帮我家啊。"

父亲留体育老师吃晚饭,喝了一碗自制的山芋酒。体育老师骑车回镇上,摔在排水沟里,左腿和肋骨骨折。

那个同学从此没来上学,不知所终。

体育老师治好伤,回到学校做了门卫,上下课都是他吹哨子。

我顺利考取大学后,很长时间都在思考这样一个问题:他能上大学吗?其实校长早就给出了答案,但我的思考,似乎不是为了要答案,而是抑制不住地要体会思考中不由自主产生的悲悯情怀:我的在苦难中谋生的兄弟,即使有一点百无一用的特长,也会当成一根救命的稻草。

2008年北京奥运会期间,我到国家体育馆看男子体操全能比赛。日本的新秀内村航平,做了一套超高难度的自由体操动作,拿到了15.825的高分。杨威随后出场,直体前空翻转体非常到位,可惜做第二串动作时失误,一只脚出界。但他并不慌乱,动作一气呵成,全场喝彩,得到了15.250分。他在接下来的几个项目中,动作准确到位,令人眼花缭乱。最后一个项目是单杠,他最后一个出场。他直体后空翻两周加转720度下,甩去了"千年老二"的帽子,获得金牌。

看到杨威的双手在地上做托马斯旋转,我不禁想起那个倒立的同学。我查了杨威的资料。这个身高1.6米、体重55千克的湖北小伙子,生于1980年。他赶上了好时候。如果一个国家、民族、人民,还在为吃饱肚子而挣扎,那是没有可能顾及体魄和精神的。而他,至多在民间玩一玩杂耍。

考 试

天还不亮,我听到父亲已经起来。他起得那么早,以至于我坚信,他一夜都没有睡着。

父亲在县里工作,住单位的一间房。房子在三楼,原来是办公室,做了他的单身宿舍。我到县里学一年,和他同住。他的床靠里边,我靠门口。我靠门口,因为我早晨起得早,晨读;还因为门口不远的窗边,有一张办公桌。

父亲把床起得小心翼翼,唯恐把我吵醒。他是一个高大肥胖的人,做到这一点,异常困难,何况那时天还没亮,他又不能开灯。我知道他的矛盾。他希望我早一点醒,进考场前,再看看书,运气好的话,或许看到的一个词的解释,正好是考试卷上的一道题。但他又确实希望我能多睡一会,一个星期以来,我扁桃腺发炎,打了三天点滴,吃不好饭,睡不好觉。

我一夜未眠。脑子里在过书,过题目。不眠,要装成眠,难度很大,但我必须装。我不能让我的辗转反侧,让父亲担心。这一夜,我听不到父亲的一点声音,只是偶尔,听到他的喉管里似乎有痰。平时,他是需要一声咳嗽的,而且是大咳,但今夜没有。

不仅是今夜。仔细想想,我最近的几个晚上,都没有听到父亲的咳嗽。最近,我睡得晚,他怕惊动了我。

父亲起床后,并不知道应该做什么。他的洗漱,是要打开门,去走道中间的盥洗间,而他怎么可能在我的头顶旁边开门?我听到他坐着。平时的早晨起来,他动作很大,大声咳嗽,然后轰轰隆隆地去上厕所,洗漱,仿佛新的一天就应该这样开始。

父亲坐着,没有一点声音。我怀疑刚才的听觉,以为他没起床,或者起床后,看看时间还早,又睡下了。我悄悄偏头,目光睨了过去。我看到一团庞大的黑影。这个黑影一动不动,但又时不时动着——他应当是拿着手表,在辨认时间。

我躺得异常难过,身体上的,心理上的。我想起床,又担心父亲以为我心里没底。这个没底,会让他在我高考这几天,忧心如焚,也会让他在高考分数公布前的这段时间,惶惶不可终日。我想再睡睡,又怕父亲认为我不懂道理,都这个时候了,还睡,还睡得着。我更担心的是,万一我考不好,父亲联想起我的懒惰——他倒不是会怪我,而是自责,为什么不早一点把儿子喊醒呢?

　　父亲是希望我考上大学的,非常希望。他的单位,是一个大院子,前面临马路,是办公区,后面是生活区。高考是前年恢复的。大院里去年有考生,有的考上了,有的没考上。考上的,有的考上的是大学,有的考上的是大中专。考上和考不上,是大不一样的;考上本科和考上大中专,也是大不一样的。今年大院就我一个考生,大家的注意力,都在我身上。对于我的高考,他没说什么,但还用得着说吗?我知道他的底线,我必须考上,然后再考虑考上的是什么。父亲不乐于讲话,也不善于讲话,但他是死爱面子的人。

　　大家一味地认为我肯定能考上,因为我的作文好。我也这样认为。但是,一过春节,我才忽然明白:高考,不是只考作文,还有历史、地理、政治、外语、数学。其他功课,我一塌糊涂,比如我的数学,连勾股定理还不会;英语模拟,100分的卷子,我得了2分。即使是语文,还有许多内容要考。我的基础差,但这又不能完全怪我。我是在镇上的中学读书的,我的老师也和我一起参加高考。在很多问题上,老师比我还要糊涂。他们经常在讲课的时候,突然对我说:你看这个问题怎么解答?

父母亲只好当机立断,最后一年,到城里读。

我明白之后,才明白父亲的急,也才明白,他为什么各科都找了一个复习资料。想到只有四个月就要高考,我浑身冷汗。我不是为自己,而是为父亲。谁都知道他家里有考生,高考后,谁都会问他怎么样。他怎么说?他可以一直瞒到分数公布之前,说还好还好,但分数迟早要公布的,一旦名落孙山,他如何面对他的同事、朋友?我,一个不足16岁的少年,当然可以明年再考,但那是一年之后的事,何况一年之后考成什么结果,天知道。那么这一年,他怎么过?

父亲是死爱面子的人。

父亲恰恰因为这一点,又要装着无所谓的样子,怕给我压力。

我明白的。

所以,最后的四个月,我是拼了命的。睡的时间少不说了,我的食指右侧、中指左侧,逐渐有了厚厚的老茧,指关节也变形了。父亲知道我的拼命,但他不会做什么。不会做什么,却要做什么,就显得很笨拙。我总是想起朱自清先生的父亲肥胖的背影。

屋里的光线，依稀有一些亮。父亲坐在床上，轻微咳嗽了一声，大概是要试探一下，我是不是装睡。我忍着没动。又等了一会儿，屋里的光线，已经能让我模糊看见父亲的脸了。我估计父亲快忍不住了，就在他准备略微高一点声音咳嗽时，我立刻跳了起来：

"不好不好，睡过头了。"

我以为父亲会被我吓一跳，但我错了，我看向他的床，他已经不坐在那里了。

父亲没有想到我会惊跳，但他还是机警的，马上把高大肥胖的身体，迅速而轻微地放到床上，仿佛他从来没坐起来过，一直睡到现在。

"几点啦？"父亲装出被我惊醒的样子，看看表，"六点还没到。"

我是不能睡了，父亲也起床。我们忙忙碌碌，然后去食堂。食堂小陈师傅已经做好早饭。我因为扁桃腺发炎，吃不下东西，父亲特地让他熬了米粥，还买了一块豆腐乳。他怕粥烫，手指插进碗里，试了试，又喝了一口，用两个碗颠倒着，散了热气，才放到我面前。

再回到房间，我拿出书翻着。我是为父亲翻的。说实话，这个时候翻书，完全是做样子。书上，很多很多内容，我都不会，即使再给我一年时

间翻,恐怕都解决不了问题,翻一时半会儿有什么用?

父亲在我身后,一副插不上手的样子。母亲在镇上工作,带我读初二的弟弟,住在离镇子不远的村里。我难得回去,都是父亲利用星期天,来回带一些东西,包括母亲做的一些饭菜。前天,母亲赶到城里,给了父亲许多交代。他当时是答应了的,其实一点没有落实。他也不会落实。他年轻时读了师范,就到外地做教师,后来做教育局机关干部,每年只有寒暑假会回来。等我上初中了,他才从外地调到我们身边。在我和我的弟弟身上,他花的时间确实少。他不是不想,是不会,也是因为母亲都帮他做了,他连学的机会都没有。

幸好,母亲交代的,我都听见了,我拣要紧的做了。

父亲莫名其妙地咳嗽起来,那是有话想说,又不好说。我平时和父亲很少有对话,我们都是不爱说话的人。我上大学后,听到《北国之春》,就喜欢上了,一直喜欢到现在。究其原因,是因为里面有一句歌词:家兄酷似老父亲,一对沉默寡言人。

我酷似父亲。

我转身看父亲,似乎在等他的话,也似乎是

考试 KAO SHI

鼓励他说话。

父亲的脸涨红着,目光跳来跳去。

我已经等不及了,收拾书包。

父亲上前,把我书包里的东西掏出来,排在桌上,一样一样数着:准考证、笔盒、清凉油、手帕……

"要不要……"父亲吞吞吐吐,"做一点……准备……"

我不知道父亲的"准备"是什么意思。看了他一眼,我立刻明白了:他是要我把不会的、记不住的、重点的,抄在手帕上,说不定可以作弊。因为,这半年,不断有作弊的诀窍,在考生之间、在考生家长之间流传。

"算了!"父亲没等我说什么,就异常坚决地说。

我背着书包出门。

"没有关系的。考不上,还有明年。"父亲紧跟在我身后,把我送出大院的门。

我没有哭。我也来不及哭,一出大院转身上路,阳光洒了我一脸。

我记得,拿到录取通知书的时候,我在村里。

那天阳光很毒。

午后,我在村口,毫无目标地看着远处。傍晚,镇上的学校会来一次信件,我会过去,看看有没有同学的录取通知书。最近几天,我连续做着这样的事情,每天都看不到任何消息。

忽然,我看到肥胖的父亲骑在自行车上,从远处而来。他头上蒙着的毛巾,使他的形象很滑稽。

那天不是周末,不是他回来的日子。

我赶紧迎上去。

父亲的脸晒得通红。他给我一封信。信封没有拆开,信封上有红红的大学校名。信是寄到城里的学校的,他及时取了,又及时骑了50里路的自行车,送给我。

我把信给了父亲,让他拆。然后我转身向镇上狂奔,我要把这个消息告诉母亲。我在奔跑中,忍不住笑着,却泪流满面。

这一年,我考上了大学,本科。

想当警察

一

我小的时候,一开始想当解放军,憧憬着有一天能开飞机、开军舰、开坦克,至少也能当个步兵——肩上有枪、腰里有手榴弹。

因此,我和小伙伴们的游戏,几乎都是八路军打日本鬼子、解放军打国民党反动派、志愿军打美国鬼子。

日本鬼子、国民党反动派、美国鬼子们总是先横行霸道,耀武扬威,无恶不作,而我们就潜伏在路边,或者躲藏在树上。突然,我们中间有一个人把手做成握军号的样子,嘴里发出"嘟嘟嘟"的声音,我们一跃而起,高喊着"冲啊",穷追猛打,所向披靡。

我们没有钢盔,就头顶柳圈或者稻草;我们没有皮带,就腰扎草绳或者布条;我们没有枪,就端着木棍或者扫帚——我们其实什么也没有,但我们总能使自己什么都有。我们纪律严明,作战英勇,即使中弹了也不轻易倒下,不像扮坏人的那些小伙伴,歪戴帽子,敞怀露肚,见到女孩子不是喊"花姑娘的有"就是喊"哈罗"。往往是这样,如果晚上看了打仗的电影,散场的时候,我们就能把里面最精彩的情节重复一遍,并且在以后的一段日子里,一遍一遍重演。

我们那里没有解放军,只有民兵。他们经常在离镇子很远的高土坡那里打靶。靶子竖在高土坡前,他们伏在一条墒沟里。一扣扳机,"砰"的一响,枪向后一缩,他们的身子微微一耸。

子弹打完了,这边吹哨子,躲在高土坡后面的报靶员跑出来,打旗语报成绩。

每次打靶,压台的都是民兵连长,据说他在部队是神枪手。他不是伏在地上,而是叉开腿站着,端枪就打,一口气把子弹全打光,成绩好得让民兵们直吐舌头,让我恨不得就是他。

打靶结束,靶子总是被打成了麻脸,我们赶

想当警察 XIANG DANG JING CHA

紧抢弹壳,或者狂奔到高土坡下挖弹头。

当兵真好啊!

但是,后来我改变了主意。

二

我有两个表姐夫,一个在派出所工作,一个在部队。

我和派出所的表姐夫经常见面,他松松垮垮的,谁都可以和他说话,谁都可以和他互相递烟。他说他有枪,可谁也没见过,更不要说他打过鬼子或者国民党反动派,他更多的时候是在调解纠纷、维持秩序。

在部队的表姐夫不一样,难得和我们见面,但回来就有战斗故事,即使不回来,也会在信中夹着一张扛枪或者射击的照片。他的目光被帽檐压着,聚着光射出去,箭似的。

有一天,我问他打过鬼子没有,他说打过;我又问他打的是日本鬼子还是美国鬼子,他说都打过。

我激动不已,急忙把这个消息告诉同学,不少同学欢呼雀跃,要请他来学校讲战斗故事。

"你姐夫多少岁?"一个同学问我。

我说:"25。"

这个同学翻着眼睛算了一下,然后哈哈大笑说,他这个年纪的人,怎么可能参加抗日战争、解放战争、抗美援朝?

我一愣,回去问表姐夫,表姐夫只得说是在编故事给我听。

"你到底打过仗没有?"我问。

表姐夫说:"没有。"

"不打仗,那你当什么兵?"我泄了气。

表姐夫也泄了气:"没有仗打,我能有什么办法?"

表姐夫没有办法,可我有办法——我不想当兵了。

这个时候,从来没见过部队的镇上,突然来了一队炮兵。12门炮指着天空,像12个人急着要求发言。

成百上千的乡亲从四面八方拥来,远远地看着炮,远远地看训练。后来,部队决定把一门炮拉到我们学校的操场上,上下午各为观众表演两次。他们一次又一次演示着从远处奔向炮位到发射的全过程,但是,在"预备——放"的指令后,我们却没有听到任何响声。他们忙了半天,就是为了那最后的一响,可他们只是忙,就是不响。不响还有什么意思?就像让我们看杀猪、看买猪肉、看红烧肉,烧好了却不让我们吃一样。我失望极了,甚至觉得他们连炸爆米花的老头都不如。

在没有英雄的镇上,炸爆米花的老头就是我们心目中的英雄。

百货店的墙边,有一个炸爆米花的老人。他戴着棉帽子,护耳一边竖着,一边耷拉着,褐色的脸上有一个高挺的鼻子,鼻子上有一抹黑炭灰。

老人面前有一个炉子,炉子上架着一个炮弹形的铁罐子。他打开铁罐子的前段开口,把玉米粒灌进去,再密封。他捅捅炉子,加进一些炭。他左手拉风箱,炉火发蓝;右手摇铁罐子,玉米粒在里面沙沙响。

一星灯火
YI XING DENG HUO

我们围着他。

老人不急不慢地摇着,眼睛半睁半闭。估计时间差不多了。老人看看铁罐子上的压力表,正转几下,反转几下。他右手用力,使铁罐子最前段翘起来,左手拉过一个加厚的麻袋,罩在铁罐子上。然后,他站起身。

围观的我们立刻跑远了,躲到墙角,捂住耳朵,闭上眼睛。我们就是在等待接下来的一刻,当这一刻就要到来,我们却逃远了。

老人左腿撑地,右腿和右手用力压着,左手用力扳着铁罐子前端的开关。

"轰!"一声巨响,惊天动地,飞腾的烟雾把老人吞噬了。

一会儿,烟雾散尽,老人稳如泰山。

那些玉米粒,在麻袋里炸出一朵朵小花。

我们迅速围过来,仔细辨认老人有没有受伤。我们每次都以为老人会被炸得四分五裂,但老人每次都安然无恙,这很让我们不解,但也更加深了我们的崇拜。

老人没有表情,又把一份玉米粒灌进铁罐子,然后摇着。

三

再看当公安的表姐夫,就觉得他令我羡慕多了。

他不打坏人,可他抓坏人——那些小偷小摸的、调戏妇女的,见到他腿就软了;他不打仗,可他管打架——只要他一到场,再横的人也得放下家伙,再混乱的局面也会被理清头绪;他不要冲破烽火线,可他会破案——他能从一个女人的鞋印上判断出一个男的是犯罪分子;他甚至不用买票,就能进电影院去维持秩序——要知道,只要有电影,大家可是要挤破头的。

有一次,镇上一户有八个儿子的大家庭要分

家,镇上辈分最高的老人都主持不了,他坐了一会儿就解决了。外人不知道他用了什么方法,只知道八个儿子和两个老人都很满意。

我就是在这时候彻底不想当兵的。当警察吧,在没有仗打的时候,要和坏人较量,最好的选择就是当警察。

我在等我长大,只有长大了才能把理想变为现实,但这不影响我为将来做准备。

变化最先体现在游戏中。我不再热衷于打仗,而是致力于抓坏人。我带着几个人东游西荡,吊儿郎当的样子,然后突然精神抖擞,把正在表演偷窃的小伙伴压在地上,再从裤袋里掏出一截绳子把他绑起来。

后来,老师也发现我变了——在学校里,我把帽檐压低,眼睛不动声色地在下面乱转,可眼神冷冷的,看什么都像是在勘查现场。渐渐地,我觉得我已经是警察了,缺少的只是一套服装。

这时候有了一个插曲,我从父亲的公文包里发现了供批判用的《水浒传》。父亲中午睡觉,我就把书偷出来看。我边看边紧张地注意父亲的动静,只要他一翻身,或者呼噜声有了变化,我就急忙把书放进包里,人躲到床下。父亲起床了,我就把看到的故事讲给伙伴们听。

梁山好汉横空出世,叱咤风云,大碗喝酒、大碗吃肉,让我和伙伴们热血沸腾。我觉得当个强盗真快活。

现在想想,这个想法真是好笑,一个想当警察的人居然会想当强盗。

当然,当强盗是不可能的,我就想当个作家,将来写一部像《水浒传》的书给人家看。但是作家的念头毕竟没有警察强大,我为自己找了一个"后路":如果当不了警察,那就当作家。

四

有一天,我忽然发现一个很关键的问题:怎么才能当上警察呢?我问在派出所的表姐夫。

"从部队复员回来,有的就进了公安部门。"表姐夫说。

天哪!我这才想起表姐夫也是当过兵的。

不想当兵而想当警察,可要当警察就得先当兵,这是没有办法的事情,我只有等待机会去部队。

不久,我到了可以去体检的年龄,可还没有机会参加体检,高考就恢复了。考大学立即成了全国人民关心的事,许多结过婚、有了孩子的人,都进了大学,而正在中学读书的我们,进大学几乎是唯一的选择。大人们对我们说，你们好啊，玩也玩过了，现在要学习了，你们又没有耽搁。我顺利地考取了大学，没有考取的同学继续补习，准备来年再考。

其实，我当时并不认为进大学有什么好的，只是觉得像完成一个任务。进校门不久，我就体会到了读大学的好——军训了！

我第一次有了枪。多少年了，就是想有一条真正的枪。当时我一遍又一遍抚摸这枪，如同抚摸我失散多年的一条胳膊。我想，这条枪也许参加过长征、抗日、渡江，也许到过朝鲜，现在，它历史性地到了我手上。

最激动人心的是实弹射击。我想起了小时候见过的民兵连长，趴下来就打，接连六枪都是十环，靶场一片欢呼声，但接下来我失手了，一枪跑靶，剩下的两枪各为七环。趴在我旁边的同学也打了九枪，连靶都没有碰着。我们开玩笑说，敌人站在他面前，他也打不着。

"敌人在哪里呢？"打光头的同学憨厚地问。

同学们哈哈大笑，我怦然心动，猛然想起想当警察的愿望，童年的生活扑面而来，但这时候无论是当兵还是当警察，实际上都已绝无可能。那就当作家吧。大学四年中印象最深的，除了踢足球，就是写诗。

五

我大学毕业后分配到南京,一开始做教师。因为写过诗,我有不少诗友,和我来往最多、我也最希望来往的,是省公安学校的朋友们。

有一天,两个身穿制服、腰扎皮带的公安来到我办公室,一脸严肃地看着我,把我和老师们吓了一跳。我认出是他们,跟着他们走。对于他们几乎全副武装来接我,我先惊后喜。我得意扬扬地走在校园里,忽然发现老师和同学的目光怪怪的,他们以为我被抓了,又似乎对我为什么被抓百思不得其解。我慌了,不知道如何对大家解释,急中生智,一手搭一个公安的肩膀,把他们吊拉得衣冠不整。

我坐到挂斗里,他们拉响警笛,摩托车一路呼啸。风吹疼了我的脸,吹眯了我的眼,我第一次多少体会到了公安的感觉,心潮起伏,浮想联翩。但我又发现驻足观望的路人的目光不对了,他们把挂斗里的我当成了刚被抓的罪犯。我再次急中生智,把其中一个朋友的大盖帽扣到头上,并且不停地仰脸和他们说话。

如果是我骑摩托、一个警察坐在挂斗里,也

一路呼啸，大家无论如何不会认为是警察被抓起来了，只会把我当成便衣，而现在这种格局，我成了罪犯。仔细一想，其实道理很简单，无论社会怎么复杂多变，老百姓总是纯朴地把人分为好人和坏人，警察无疑是维护好人、惩治坏人的。因此，被警察带走的人，差不多都是坏人。人们如此信任警察，让我感慨万千。

这是我第一次走进公安内部。他们是省公安学校的老师，也住集体宿舍，也吃食堂，只是比我们整洁，被子叠得方方正正，衣服、鞋子以及其他生活用品都似乎放在一个该这么放的位置，换一个地方就乱了。窗外是操场，比他们更年轻的人上身穿着背心，下身穿着警服，正在打篮球。我从来没见过这样的环境和摆设，但是，我又觉得这一切都是我熟悉的。

"公安学校是干什么的？"我突然莫名其妙地问。

他们说："是培养警察的。"

我的嘴好半天没有合拢：原来还有这么一所学校，我考大学的时候怎么不知道呢？

六

后来的三年记者生涯中,我有过三个月的公安报道。

经过特许,我花了一周的时间,在南京市法院调看过解放以后的死刑案卷。那是我寝食不安的一周,只要闭上眼,就是血淋淋的现场。总有一些败类,把美好毁坏,把活生生的人变成尸体,而警察中的一部分,就是要把这些败类绳之以法。

这是我第一次比较深入地了解公安。我写了当时发生在南京的几起大案,写了模拟画像的警察,写了预审处的警察,写了刑侦处的警察,写了基层派出所的警察,写了他们作为普通人的艰难,也写了他们不同于普通人的责任。

结束报道的那天晚上,公安部门的同志请我吃饭。大家称兄道弟,我很高兴。我愿意和公安交朋友。我觉得,一个老百姓有公安做朋友,腰总要硬一些,就像一只羊希望能和猎犬在一起一样。

我想起了小时候的理想。现在我当然知道,部队在和平年代的任务就是保卫建设,他们引而不发,就是为了在需要的时候能一触即发,练而不战，就是为了在需要的时候战之能胜。可当时的我不懂，不懂的我就是因为没有仗打而由想当兵转为想当警察的。现在，当我真正了解警察的时候，我扪心自问，在需要勇敢的时候我有足够的勇敢吗？在需要智慧的时候我有足够的智慧吗？在需要耐心的时候我有足够的耐心吗？在需要牺牲的时候我敢于牺牲吗……我想说我有，我真的有——有一个例子可以证明，我曾经在夜深人静的时候，赤手空拳抓过两个惯偷；另一个例子是，我写了三个有关警察的小说——《直觉的意外》《城市上空的鹰》《门上的舞蹈》，警察朋友都说是这么一回事。

"你要是警察，肯定很棒。"警察朋友说。

我在心中长叹一声："我要是警察就好了。"

你好，派出所

一

我从小就不怕派出所。

小镇上的派出所和杂货店、药铺、煤球厂是同一排房子，前面当然是街，后面当然是菜地，唯一不同的是，派出所的窗子上有铁条，铁条之间的距离窄得连猫也要侧着身子才能通过。

早晨四五点钟，街上就开始出现从乡下上来的人，他们把自己带来的青菜、萝卜、扫把、鸡、鸭、鱼沿街排开。他们来这么早，是为了抢地盘。他们似乎很明白事理，又似乎是毕竟有些胆怯，自觉把派出所门前的地方空出一大片来。

天越来越亮,摊子越摆越多,派出所门前的空地越来越少。最后,那块地方正好摆放三四张肉案。

格局就这样形成了,时间一长,派出所的牌子上都是油腻腻的。进派出所里的人越来越多,基本上是歇脚的,因此,各式各样的凳子越来越多,喝水的缸子和碗也相对应地多了起来。

当时的派出所就两个人。一个是年轻的小张,家住城里,每天晚上搭过路车上去,每天早上再搭过路车下来。住在所里的是老顾,也就是所长。

我对老顾的印象极深,对小张几乎没有什么印象,因为除了顾所长一直在镇上之外,另一个年轻人总是不停地更换,小张实际上只是一个代号而已。

我记事时,顾所长就三四十岁了,听说是从部队回地方的,松松垮垮的一个人,如果在夏天不穿白色的制服,在冬天不穿深蓝色的制服,他和镇上的人没有二样。也许就是这个原因,他的制服从早到晚都在身上。

每天早上大约七点钟,"吱呀"一声,门开了,一个穿着公安服装但没有戴帽子的人跨出门槛,一手举牙刷,一手端茶缸,先是含一口在嘴里,

"咕噜咕噜"后吐掉,右手再来回拖动,许多白色的泡沫就从嘴唇边冒出来。他能刷出那么多泡沫,我当时觉得简直就是奇迹,即使到现在,我也做不到这一点。

镇上的人很尊重老顾,有红白喜事,总要请他到场。有他和没他到底不一样。他往那里一坐,即使不说话,都有一些恰到好处的气氛。不管场面将会有多混乱,主人心里都有底。心里一有底,手脚就会麻利,眼睛看什么都会有着落。

那时候,镇上经常在中学的操场上开大会,主席台上最左边的位置一定是他的。这并不是说他只能坐边上,而是说,像他这样身份的人,必须做好随时应付突发性事件的准备,上下的台阶就在左边,他一迈步就下来了,再上去也方便。偶尔县里来了人物参加会议,台上坐的人多了,一般不会有他的位置,他和小张就在会场后面,不时走动一下,大部分时间是微叉两腿站着。

场面上用到老顾的时候,他都要带手枪。手枪在盒子里,挎在他的右屁股上方,一缕红须须从枪把那里流出来。他动不动就要拍一下枪盒子,既是像在时刻提醒人们他有枪,又像是随时随地会掏出来。

我们的目光就顺着红须须向里钻,但总是心溜进去了,眼睛被卡在外面。

"叔叔,你真的有枪吗?"我们总是忍不住这样问。

老顾总是笑笑,一副不用说的样子。

老顾不回答,争论就留给了我们。我们始终有两派,一派一口咬定他没有枪。他怎么会有枪呢?他又不是解放军,再说他有枪又有什么用呢?我们这里又没有鸠山和汤司令,也没有情报处长。另一派却坚决认为他有枪,理由很简单:如果没有枪,他屁股上挂的是什么?是扫把吗?如果连他都没有枪,那我们这么大的地方就一支枪也不会有了,万一打仗怎么办?

这样的争论当然不会有令人信服的结论,我们就想直接在老顾身上寻找答案。

有一天,我们趁老顾走神,悄悄拉着他的红须须。接下来是我们没想到的,我们越拉越长,最终拉出了半条床单。

我们目瞪口呆,随即以为这是在暴露老顾的秘密,他是要恼火的,害怕得连逃跑都忘记了。没想到老顾却笑着把床单收进去,依然留出一缕红须须。

"哈哈哈哈……"我们得寸进尺,开心地大笑起来。

老顾把我们的头一个一个地摸过,然后说:"走火怎么办?"

我们猛地止住笑。老顾这一句没头没尾的话,却铁定了我们的想法,使我们的意见一致起来:他肯定是有枪的,他没带枪出来,只是怕走火。

小时候对派出所的印象也就是这样,它就像一条泥鳅、一根红萝卜、一支蜡笔一样,亲切而质朴地留在我的记忆中。

后来我到城里上学,每天路过公安局,这才真正明白派出所是什么意思——它是公安局派出的机构。

公安局临街,但门口从来不曾有过摊子。它的门整天开着,不说你能进去,也不说你不能进去,但你就是不大敢进去,气氛摆在那里。

离公安局不远是城关镇的派出所,进进出出的人倒是很多,但看不出身份,不像镇上派出所那么单纯。

二

我现在住的地方离派出所很近,菜市场在它的北面,小商品市场在它的西边。

每天上下班路过的时候,我都要向里看一眼,指望能看到什么平时难得一见的事和人。这除了我一如既往地不害怕派出所之外,还和我的个性有关。每天晚上,我都要几次、十几次地把头探到窗外看天,因为我一直心存这样的侥幸:说不定哪一眼,就会看到飞碟之类的奇观——许多发现,就是在不经意的一瞥之后。

当然,这样的幸运没有落到我头上,但这并不影响我坚持看天。

事实上,这样看派出所看不到什么。我多次想到里面去,至少可以看看现在的、大城市的派出所,和过去的、小镇上的派出所有什么区别。

可这种愿望总是很难实现。一个原因是我没有什么事,派出所的人问我干什么,我总不能说就是想进来看看。另一个原因是主要的,我有一个朋友到派出所补办身份证,不巧,出来时被邻居看见了。邻居吓了一跳:到派出所还能有什么好事?于是很善解人意地躲到旁边,不想让我的朋友尴尬。恰恰是这一躲,使我的朋友失去了一个解释的机会,结果"被派出所抓进去"的话便开始在邻居中流传,大家看他的眼神越来越不对劲,而他还蒙在鼓里,神气活现的。这种话一般都是等大家都知道了,自己家才最后知道,而这时候已经被传得不可收拾。

我免不了要发一些感慨,过去的、小镇上的派出所不是这样的,进去和出来都很自然,就像进杂货店、药铺和煤球厂一样。

有一天,我终于跟着别人进了派出所。

那是一个星期六的上午,我去买菜,忽然发现前面有一群人在向前走。原来是一胖一瘦的两个老太太吵架,据说已经吵了一阵,不分胜负,决定请派出所"断案"。她们走,没事的人就跟着,结果人越跟越多,那样子就像一群记者跟随明星。

"你说——"瘦老太太说。

胖老太太头也不偏:"我不和你说,我请派出所评理。"

"去就去!你以为我怕啊?"瘦老太太说,"派出所又不是你家派出的!"

走了一段路,胖老太太说:"你说——"

"我不和你说,我请派出所评理!"这回轮到瘦老太太头也不偏。

"去就去!你以为我怕啊?"胖老太太说,"派出所又不是你家派出的!"

两个老太太似乎对派出所很熟悉,一点不绕路地走到所长室,瘦老太太把一只鸡丢到地上,胖老太太把买的青菜萝卜放在所长的桌上。所长和指导员都在,他们没来得及说话,两个老太太就抢着说了,你一句她一句,声音越说越高,似乎就是在比谁的嗓门大,说什么倒不重要了,一

大群人在门外窗外当观众。实际上事情很简单,胖老太太的鸡啄了瘦老太太的青菜,而正好瘦老太太踩了胖老太太一脚。最后,两个老太太都把话说完了,一下子不知道该怎么办,只好气呼呼地愣着。

"刘大妈、王大妈,说完了吗?"所长笑着问。

瘦老太太和胖老太太都点点头。

一直没说话的指导员突然叫了起来:"大妈!不好!鸡!"

瘦老太太慌忙看自己的鸡。鸡脚上的绳子解开了,本来还站在原地不动,见老太太扑过来,一下子醒悟,竖起脖子就向门外逃。瘦老太太冲出去了,胖老太太也冲了出去。鸡跑是跑不掉的,院子就那么大,大家一起把圈子越围越小,最后,胖老太太奋不顾身地一扑,把鸡压在身下。

"喏!你的鸡!"胖老太太喘着气说。

瘦老太太也喘着气说:"谢谢!你帮我抓鸡干什么?"

"你的鸡跑了,你不找我算账啊?"

"看你说的,我是那样的人啊?"

两个老太太说说笑笑地走了,大家发出一片笑声。我问所长和指导员为什么这样处理,所长说,两个老太太是邻居,到派出所来,其实只是想找个地方,找个中间人把话说出来,说出来,也就

好了。

指导员在一旁坏笑,鸡脚上的绳子,就是他用眼神让一个警察解开的。他接过话说:"这些事,每天都有。你不能真当事处理,实际上就没有事。但你又不能不处理,搞不好,还真会出大事。"

这件事给我的印象很深。和小镇相比,这里地方大,房子多,门口还停有一辆挂警灯的"桑塔纳",但精髓还是一样的,即人都是松松垮垮的,看上去很和善,换了服装,就和来办事的百姓差不多。

三

一个人要是决定不和派出所打交道,肯定不可能。

办孩子的户口,办身份证等,甚至是丢自行车如果指望能找回来,都要去派出所。它既然是派出的,就要在你的身边。所以我们每一个人都会觉得离公安局远,离派出所很近。

渐渐地,我和派出所的来往也多了起来。

我住大学校园里,派出所专门有一个人分管学校的户籍。他第一次敲我家门的时候,是学校保卫处的同志介绍的。我没有记住他叫什么名字,但记住了他的模样:四十来岁,不大的眼睛总是含笑。如果不是看他真是穿的警服,一定会以为他是从民工中招的保安。

从此,说不定什么时候,他就会在晚饭时来敲我家门,或者了解一下家庭成员情况,或者填一份什么表格,极谦恭地来,极谦恭地走。

照理说,一个人说不上什么时候就来打扰,总会让人感到是一种负担。但是,我不反对他来。我没有准确的数据,说现在的社会治安是好是坏,可大到杀人,小到偷盗,事情总是经常发生。因此,我总觉得,只要我不犯事,派出所的人来,就会给我一种安全感。这就像在抗日战争时期,八路在,老百姓心里就踏实,除非你是汉奸。

有一天,他敲开门,说话时嘴里有一股酒气,脸也是红红的。到我家来玩的一个朋友,表示很不理解。

"也许是哪家硬喊他上桌喝了一杯。喊警察喝一杯,说明人家没把他当外人,是好事啊!这样的户籍警值得表扬。"我笑着说,"再说,现在是休息时间,他也是普通人。他不喝,反而见外了。"

就是这位户籍警,给了我一个和百十名警察在一起的机会。

派出所一位男警察和另一个派出所的女警察

结婚,户籍警帮他们邀请我去主持婚礼。

他对我了如指掌:"你主持过省电视台的节目,肯定行。"

我嘴上说不行,内心深处还真的希望他别把我回绝了——一个老百姓,去主持警察的婚礼,怎么想都是令人鼓舞、不可多得的事情。

婚礼在派出所旁边的饭店举行。不少挂警灯的车停在外面,里面至少坐了十桌警察;婚礼仪式中,不时有警察急呼呼出去,也不时有警察急匆匆进来——不留神,还以为这里在布置什么重大行动。其间,大家唱的最多的一首歌是《少年壮志不言愁》,嗓子直来直去,声音大得让人担心音箱装不住。

所长笑着说:"这些家伙的喉管都是枪管做的。"

我和指导员坐一席。他告诉我,派出所的特点就是"多、烦、杂、碎"。一个警察在派出所,也许一辈子都碰不上大案要案,做的许多事都是针头线脑的,有时候甚至和居委会差不多。

他说:"但是,它又很重要,户籍管理和社会治安,你说重要不重要?还有,大案要案虽然轮不上我们,可许多大案要案都是我们先到现场。"

"怎么来那么多警车?"我问。

指导员说:"警察结婚也不容易呢。其他派

出所的兄弟们是抽空来庆贺的,也许刚端杯子就要走。他们的婚礼,也是一拖再拖,日子是凑出来的。"

说话间,进来不少穿便服的人,所长和指导员连忙迎上去。原来是派出所辖区的单位来代表了,还有一些是新郎和新娘的朋友。他们对不邀请他们参加婚礼表示不满,所长和指导员说主要是不想惊动大家。

"我们是不是朋友?"地方上的人理直气壮地问。

所长和指导员连声说:"是。当然是朋友。"

"那就再摆两桌。"

"好,那就再摆两桌。"

这是我从来没有见过的婚礼。

后来我当记者,搞过一段时间的公安报道,接触了不少上到省厅、市局,下到派出所的警察,对厅、局、所有了一些了解和对比。

就像储蓄所总比银行随和一样,派出所也比公安局更让人们感到亲切,这倒不是说公安局生硬,而实在是因为派出所就在我们身边,仿佛一个和我们朝夕相处的朋友、同事,或者邻居。他们整天和老百姓在一起,必须松松垮垮。这很好理解:即使是一个举世无双的指挥家,到市场去买菜,穿燕尾服也不合时宜。

派出所的警察紧急行动是什么样子，我一直不曾有机会看见，但是，我固执地认为，一旦有情况，他们立即会精神抖擞，每一块肌肉都是绷得紧紧的。这就像一个指挥，即使不穿燕尾服，但是大幕拉开、掌声响起的时候，每一个细胞都是亲爱的音乐。

祁氏之后

我小时候知道的"祁"相当大。西来街上有"祁家里头",在二街那一段。那一段几乎都姓祁。房屋密密匝匝,人口众多。我搞不清辈分,根据年龄叫哥哥、叔叔、大大、老老、奶奶,但这样叫,基本上是错的。

"我不是哥哥啊,我是老老哦。"对方说。老老,是爷爷辈。

"啊呀,叫错啦,你不能叫我大大哦,我要叫你叔叔嘞。"对方说。大大,与父亲同辈,年龄比父亲大。

后来,我大体上弄清父亲这一辈——名字中有"绍",即为父辈。比如,我的父亲叫绍宣,我的叔叔叫绍华,"祁家里头"还有绍基、绍康、绍南、绍周,等等。后来我又弄清楚,名字里有"炳",即为爷爷辈——我的老老叫炳千。听父亲说,他的老老是"成"字辈,我这一辈应当是"祥"字。只是我这一辈里,基本上没按"祥"字走。

我依稀记得我的老老。早上,他换上长衫去街上,留给我一个高大的背影;中午,他从街上迎面走来,阔脸上满是笑容,从长衫里掏出一把花生给我;中午吃完饭,他又背我而去;傍晚,他再一次迎面走来,从长衫里摸出一颗水果糖给我,换下长衫,叠好放在凳子上,再用凳子反压住。长衫是他的面子,是他的命。

老老的父亲是地道的农民,照理,他也应该是农民,他那一辈都是农民。但他没去田埂上,他有一个决定:让后代不再面朝黄土背朝天,吃一碗轻松的饭。于是他换了一个方向,走到街上。他蹲在谁家的屋檐下,用一个筛子做生意。筛子上是针头线脑。一个高大有力的人,蹲在街上做小买卖,别人当面不说,背后都是不屑。但他不管不顾,他有一个决定。这个决定标新立异,领先同辈。

老老的方向,决定了他这一支的走向。他的生意,从屋檐下一个筛子,发展成屋檐下一个凉棚,再发展到一个小门面。他刚有钱,就给自己置了一身长衫,以示与同辈人的区别;他有了一

点钱,就送他的儿子——我的父亲和叔叔上学,以示与同辈人子女的区别。他指引大儿子的方向:读师范,理由是不管什么时候,都有人读书,先生饿不死;他指引小儿子的方向:上医学院,理由是不管什么时候,都有人生病,郎中饿不死。不仅饿不死,还受人敬重。

父亲果然读了师范。

叔叔果然上了医学院。

老老心满意足。他事业的顶峰,是与人合伙开了一家杂货店。杂货店在街上十字街口南侧,卖油盐酱菜醋,卖香烟、火柴和肥皂。站柜台的是祁三爹——我的老老、徐三爹、毛三爹、朱三爹。他们在家都排行老三,人称"十二爹"。

在我的印象中,"祁家里头"的人大都毛发浓密,身材高大,孔武有力,崇文重教,精诚团结,敢为人先。那时候,提到"祁"字,大家肃然起敬。走到哪里,别人不敢欺,也不敢小瞧。

我上大学,离开西来和靖江,才知道"祁"是小姓,一个显著的标志是,我的大学同学、单位同事,没有一个祁姓。

当然,我知道小姓不小。

别人问我姓什么,我说姓"祁"。

"噢。"对方想当然地写"齐"。

我说"祁黄羊"的"祁"。

"噢——"对方得意地笑了，写"祁"。

普天之下的华人，恐怕没有不知道"祁黄羊"的。

"黄羊"是祁奚的字。祁奚是春秋时晋国人（今山西祁县人），先为中军尉，后为公族大夫，在位约六十年，为四朝元老。

有一段时间，南阳缺一个县官。晋平公问祁黄羊谁可以去。祁黄羊提名解狐。平公很吃惊："解狐不是你的仇人吗？你为什么要推荐他？"祁黄羊笑答："您问的是谁能当县官，不是问谁是我的仇人。"平公派解狐去南阳。解狐上任后，做了不少好事。

又有一段时间，朝廷里缺一个法官，平公还是问祁黄羊谁能担当这个职务。祁黄羊提名祁午。平公又觉得奇怪："祁午不是你的儿子吗？"祁黄羊说："您问的是谁能去当法官，而不是问祁午是不是我的儿子。"平公派祁午当了法官。祁午果然公正执法，成为一名好法官。

孔子说："外举不避仇，内举不避子，祁黄羊可谓公矣。"

"外举不避仇，内举不避亲。"《吕氏春秋·去私》记载了祁奚这个著名的故事。

司马迁在《史记》中称赞祁奚："可谓不党矣！外举不隐仇，内举不隐子。"

古往今来，人如过江之鲫。能青史留名，实在太少。有一些人即使青史留名，但如同养在深闺，少为人知。既青史留名，又广为人知，真的如同凤毛麟角。

祁奚就是这样的人。

祁氏一族，一直追溯到两千五六百年前的晋国，那里亮了一盏光照千秋的明灯。这盏明灯，就是我们祁氏老祖宗祁奚。有了这个老祖宗，后代的腰杆都是直的。

山西祁县，建有祁奚墓。祁奚被尊为祁县人文始祖。

当然，祁氏一族，还可以继续追溯：黄帝有二十五子，第十四子为祁豹，封居于祁（今山西祁县），后代以祁为姓。

天下祁姓出祁县。

靖江祁姓一脉，出祁县之后，迁至泰州。明洪武四年（1371年），七世祖祁连江迁至靖江，为一世祖。

三年前，父亲高兴地告诉我，祁氏家族在修建家谱的过程中，找到了靖江祁氏六世祖祁露的墓。

祁露的墓在靖江马桥镇龙王村张家桥埭，距今已有418年。墓志铭记载，老祖宗体貌魁梧，威严善谋，克己奉公，造福乡里，死后薄葬。

我的心怦然而动。"祁家里头"的人,与老祖宗的体貌、精神何其相似啊!几百年来,血脉相连,一脉相承,不变其宗。

关于靖江祁氏家族的先祖,已有文章敬录,我不再多说了。

我前不久回西来。"祁家里头"屋舍俨然,添了许多新的面孔。

"你好啊。"我说。

"你好啊。"对方说。

我们相视而立,含笑不语,因为搞不清谁长谁幼,但隐约之间,能感觉到融融亲情。

我很高兴祁氏一族的兴旺。

族长、族兄弟找我,一定要我写一篇文章,序《祁氏族谱(续)》。担此重任,我何能何德,但为家族出力,即使绵薄,也是必须的。我不敢不从。

于是,我写下了我以上的一些想法。

借此机会,我要说:靖江祁氏后裔,寻根问祖,续修宗谱,还在海内外广寻同宗。此举既是既往,也在开来。

借此机会,我还要说:靖江祁氏后裔,不索富贵、不求闻达,但质朴志纯、循规蹈矩、自强不息,无贪官污吏,不杀人越货。既可告慰先祖,也能启示后人。

列祖列宗在上!

盛世修志，家兴续谱。仰祖英灵，辉同日月。我有来路，感恩戴德。我有去处，山高水长。岁岁绵延，薪火传承。天下祁氏，一呼百应。融入百族，共襄大计。拳拳之心，殷殷之情。伏惟尚飨。

读书趁早

2015年7月15日晚7:30,第五届江苏书展开幕式,在徐州举行。

第一项议程,聘请第二届"书香江苏形象大使"。这是开幕式上的重头戏。我走上主席台。和我走在一起的,还有天文学家王思潮,科学家贲德,学者邬书林、刘东、莫砺锋、徐小跃、杨亦鸣,作家周梅森、鲁敏。

江苏省委常委、宣传部部长王燕文,副省长曹卫星,为"书香江苏形象大使"颁发聘书。

聘书上这样写:

尊敬的祁智副主席:鉴于您在儿童文学创作领域取得的丰硕成果,以及为推广全民阅读做出的积极贡献,江苏省全民阅读活动领导小组特聘您为"书香江苏形象大使"。

我上主席台领奖,或者接受聘书,次数不少了。这一次,我格外高兴。对这份聘书,我也格外重视。高兴和重视的原因,不在聘书上的第一点,即"在儿童文学创作领域取得的丰硕成果",而在第二点,也就是"为推广全民阅读做出的积极贡献"。

当然,"做出的积极贡献",我不敢讲,"积极地做出贡献",或许更确切一些。在推广全民阅读方面,我做过不少事情。

1997年底前后,我提出"作家进校园"。

当时,计划经济去而未全去,市场经济来而未全来。就图书而言,一方面,读者在寻找出版社的优秀图书,一方面,出版社的优秀图书,也在寻找作者。我发现了这个问题,借助出版黄蓓佳老师《我要做好孩子》、曹文轩老师《草房子》的机会,到学校宣传图书,带作家到学校宣传图书。

这项活动,很快由江苏起,向周边省份延伸,成为风靡全国近二十年的阅读推广活动。

2005年下半年,我提出"乡村阅读"。

在"作家进校园"活动中,我发现,城市的孩子和乡村的孩子,在读同一本课外书。在很多人

眼里，这是好事情，觉得是应该追求的"平等"。在我看来，这恰恰是最大的不平等。

比如，城里的孩子和乡村的孩子，都在读"埃菲尔铁塔"。我以为，城市的孩子，可能见过埃菲尔铁塔，也有可能在不久的将来会去巴黎。但对大多数乡村孩子来说，埃菲尔铁塔是一个遥不可及的梦。而村舍、河流、庄稼……却无人阅读。因此，对乡村的孩子而言，阅读埃菲尔铁塔，不是一件很急的事，阅读村舍、河流、庄稼，却要提上议事日程。

于是，我提出"乡村阅读"。

世界最早都是"乡村"。关于乡村的文学描写，古今中外有许多名篇。"蒹葭苍苍，白露为霜"，描写的不也是乡村的景色吗？还有，俄罗斯文学当中，乡村景色描写还少吗？随着工业化的进展和城镇化的进程，乡村在不断地消失，永不再来，却保留在文学作品中。

乡村阅读，最大的优势，是可以到现场阅读。河流如同血脉，穿过辽阔的田野；炊烟袅袅，升腾着真实生命的气息……什么是劳动？父亲弯一万次腰，就叫劳动；什么叫收获？母亲布满皱褶的手掌，捧着的硬币，就叫收获……

我的提议，得到南京市教育界的积极响应，先在十所乡村小学实验；后来，参加实验的乡小学,增加到二十所;再后来,活动在全市乡村小学推开,并且逐渐影响到全省、全国。江苏省文化产业引导资金下拨100万元,让我主持"乡村小学阅读出版工程"。

乡村阅读。

阅读乡村。

"作家进校园"和"乡村阅读"两项活动,让我走进了三百多所学校,讲座近四百场。

这些年,在阅读推广上,我确实做了一些事情。我之所以这样做,与我小时候的阅读有关。

我小时候,满目无书。但西来街上,读书之风很盛。无书,还读书之风很盛,似乎是不可思议的事情。事实却是如此。没有书,就"搞"书。在哪里搞到?谁家压在箱底的,谁家藏在衣橱上的,谁家塞在墙缝里的。

西来街上,有一家文化站,书柜站了一面墙。里面的书,比如《艳阳天》《金光大道》《童年》《在人间》《大刀记》,总是被借得上不了墙。有文化站不易,文化站里进书更不易,而有人把书读了,就更难得了。

因为无书,我搞到一本,总是手不释卷,茶饭不思。到亲戚家去,我总是找书。哪怕找到一块包盐的旧报纸,读得没头没脑,却也津津有味。

有时候,我想看同伴手上的一本书,怎么办?

趁他看得入神,抢了就跑。没命地跑啊,生怕被追上。好不容易跑脱,躲到哪一块棉花地里,或者哪一棵树上,或者哪一垄塪沟里,囫囵吞枣地翻。翻完了,物归原主,一丢就跑。

如果在傍晚抢到书,我会躲在外面,等夜深了悄悄回家,挑灯夜读,额前的头发,常常被油灯烤焦。

当然,我读的书,也被无数次抢过。

我正经阅读的第一本书,是《水浒传》。

那时候,《水浒传》是"禁书","供批判用"。我父亲恰好是单位写文章的,公文包里有《水浒传》,上下两册。

那是一个夏天。中午,父亲从公文包里拿出《水浒传》,躺进藤椅。看着看着,他睡着了,打开的书像一只鸟落在他的肚子上。

我平时讨厌父亲的呼噜声,但在那个夏天,我以为天底下最美妙的声音,就是他的呼噜。每天中午,我和小伙伴们躲在墙角拐弯处,等着他的呼噜。

父亲的呼噜声起来了,书在肚子上起伏。我从墙角匍匐过去,取下书,就地翻看。呼噜声小了,我赶紧把书放回肚子上,匍匐到墙角,给小伙伴们讲故事。

一部《水浒传》,我看得断断续续,充其量看

了十分之一，但我胡编乱造，东拉西扯，讲了一部水浒。小伙伴们听得津津有味，只觉得天高地阔，什么理想都没有了，还是做强盗快活。

后来，有一个同学得到一部《水浒传》，看了几页后丢掉了，说"这是假的，和祁智说的不一样"。

《水浒传》对我影响很大。比如做人要爽快。路见不平，拔刀相助未必能，一声吼总是做到了。比如写书要有故事，写人要有性格。我很喜欢鲁智深这个人物，我对孩子们说"鲁也深、智也深"，很鲁莽，也很机智，是《水浒传》中智勇结合得最好的人物。所以，我写书，都希望故事和人物，能得到更多的孩子喜欢，得到更多的大人喜欢。

阅读改变人生。

这不是一句空话。它在我身上，就得到了印证。我记得，我对曹文轩老师说起"乡村阅读"。他沉吟片刻，说："祁智啊，我们有今天，就是比同伴多读几本书啊。"

确实。

"书香江苏形象大使"的聘书，是木质的，像一扇打开的书，放在办公室最醒目的地方。只要有空，我就会去学校，或者图书馆，做阅读推广的工作。看着孩子们的眼睛，我满心喜欢。我的童年不再，但我祝福他们，有一个美好的开始。

我就在书中等你

一

  1998年夏天的一个早晨,阳光灿烂。我乘公共汽车去办事。

  一个四年级左右的小朋友,斜着身子,咬着牙,拎着一大捆书上车。他把书放在脚下,双手抱着栏杆。

  一个好心的阿姨说:"小朋友,东西要当心啊。幸亏这是书,要是钱,会被人拿走的。"

  小朋友好像不理解阿姨的话:"我不要钱。我要书。"

阿姨逗小朋友说:"钱可是好东西啊。"

小朋友坚持说:"我不要钱。我有钱也是买书。"

车上的人都欢喜地笑了起来。

阿姨问:"小朋友,你是好孩子吗?"

小朋友摇摇头说:"我不是。"

阿姨问:"为什么?"

小朋友脸上是很认真的茫然。看得出,这个问题曾经困扰过他,只是随着时间的推移,问题沉到心底去了,现在,阿姨的问话勾起了这个问题。

"我也不知道为什么。我喜欢的老师调走了,我就再也不是好孩子了。"小朋友说。

小朋友的话,让人的心猛地一拎,也让人若有所思。车上的人忘记了笑,阿姨也停止了问话。

就像闪电划过夜空一样,我的眼前猛一亮。这个小朋友在学校的情况,我不清楚,但是,从他上车后的言行,谁敢说、谁肯说他不是一个好孩子?我做过教师,我知道一个好的老师,对孩子的成长是多么重要。由此,我想到了我正在酝酿的小说,我要塑造一群孩子和几个老师的形象。

小朋友们最早知道我要为他们写一本书,是看了一家晚报"作家现在时"的消息。近1000个小朋友为我提供了故事——有一段时间,我家的电话被他们打得像炒豆子。

于是,故事长着翅膀飞来了。

二

一个女孩子每天都有故事。比如,她参加军训,开始前兴致勃勃,第一天军训回来,就对"狠心肠"的教官表示不满,什么"脸上长痘痘",什么把口令"一、一、一二一"喊成"鸭、鸭、鸭啊鸭"。但是教官要走了,她又依依不舍。她每天守在电视机前看军训的新闻,四天后才看到一条简讯,气得一言不发、两眼通红。比如,她偶尔没考好,回到家里就格外嘴甜手勤,临睡前或者第二天快上学了,才把试卷拿出来签字。

几个小朋友合养电子宠物,把一条狗养成了98千克,而且教养不好。

一个男孩子为了在外语上领先,四年级就学完了《新概念英语》第二册。

班主任怀小宝宝了!同学们一有空就琢磨老师的肚子一天一天大起来的秘密。

我每天也能找到小朋友的故事。我经常推着自行车,尾随在孩子们后面,听他们说话,看他们

做事。比如,我在一个卖金鱼的摊前看到这样一个精彩的场面——

"买一条。你看,多好啊!我专门给你们留的。有人要出大价钱,我都没有答应。"小贩过分热情地说。

对小朋友来说,这是一个难题。买是不可能的,但明说不买,又怕小贩不让他们观赏。他们必须找到合适的理由,既能不买,又能继续看下去。

"带到班上去,老师要没收的。"一个小朋友说。

"放在我这里啊。我替你们保存,放学了带回去。"小贩说。

"家里也不给养的。"一个小朋友说。

小贩忽然想起来似的说:"你们班上不是有'生物角'吗?"

"别提'生物角'了。"一个小朋友说,"喏,养金鱼,喂食太多撑死了;养青蛙,跳走了;养小鸭子,被馋猫叼走了。"

"那你们现在养什么?"小贩奇怪地问。

一个小朋友两手一摊,无可奈何地说:"现在只好养乌龟了。"

坐在家里是想不出这个场面来的,而这段对话,不用加工,直接就可以写到书中。

小朋友们把我为他们写书的事当成是他们自己的事,给书中的人物取名字,源源不断地提供最新发生的故事。近百个小朋友甚至干脆到我家来,关心我写作的进度。

我很高兴,半开玩笑半认真地说:"叔叔的作品请你们把关。如果叔叔的书不好,你们要负责。"

他们很当一回事,认真得让我心喜、心疼、心慌。他们打开我的电脑,像老师检查作业一样,检查我头天晚上的写作。对不满意的地方,他们一点也不客气。

有一天,他们指着第二十三章的标题说:"'今天我当家',过时了!过时了!改成'自己过一天'。"

我马上就改。见能指挥我做这么大的改动,他们惊喜得说不出话来。

是孩子的事,也就是家长和老师的事。许多家长和老师也把故事告诉我,把心情告诉我。比如,有家长说,她胖胖的女儿坚决不减肥,而是要增肥,因为要当举重运动员,或者是铁饼、铅球运动员。比如,有老师说,她班上有一个同学,总是认为别人的东西好,经常用高级文具盒、图书换别人的橡皮、铅笔,甚至会用一架望远镜换同学的一小团橡皮泥。

三

一个作家,看见自己的作品还没有写成就被那么多人关注,心里的高兴劲儿是无法形容的。

这是我的一个梦想。我一直憧憬着这样一个情景:孩子和家长们拿着我的书,半惊半喜地自言自语:这个胖乎乎、笑眯眯的叔叔要对我们说什么?这个胖乎乎、笑眯眯的人要对我们的孩子说什么?

我用"芝麻开门"做题目,因为大家都知道芝麻开门的神话故事。除此之外,还有两个意思:一是把门打开,走进孩子的世界,孩子的世界是那么美好、纯洁;另一个是把门打开,带孩子走进一个新奇、广阔、充满活力和希望的世界。当然,"芝麻"和"开门",还是四(1)班小朋友和徐老师的暗号。

我在《芝麻开门》中告诉小朋友们,快乐是孩子的权利,一个孩子,说什么、做什么、要什么都不过分,但小朋友们应该知道,在享受快乐的同时,要学会、准备承担。时代在发展,孩子快乐的方式和内容越来越多,孩子要承担的也越来越多。成长不容易,成长很艰辛,但是,成长是必然规律，成长是世界上最快乐的事。

我在《芝麻开门》中告诉大朋友们，成长不仅是孩子的事，也是大人的事，成长会伴随我们每个人的一生。

看过初稿的朋友疑惑地问我，四（1）班的同学们怎么一点缺点都没有？我说，我不愿意说孩子有缺点。他们或许有这样那样的不足，但是，这是成长过程中不可避免的。这就像我们脱了鞋子、卷起裤腿过河，鞋子掉到水里、裤腿被打湿，并不是缺点，而是途中随时都可能遇到的事情。

其实，我书中的孩子，并不是完美无缺。张天不自信，尹露露和孙新悦胆小，李强和孟可文成绩不理想，杨晨暑假之后补写作业，迟速喜欢看书而偏科、近视，等等。即使是大家一开始就喜爱的徐老师、何老师，后来才喜爱的李校长，也是有不足的，比如徐老师原来对李强他们重视不够，何老师喜爱"出风头"，李校长喜欢讽刺学生，等等。

我用欣赏和宽容的目光来看他们，用理解和热情的笔墨来写他们。这样一来，不仅我们觉得他们可爱，他们也会有信心。他们会进步的，就像我们再一次过河时，鞋子也许就不会掉进水里，裤腿也许就不会被打湿。

欣赏和宽容，理解和热情，这是我做人的准则，也是贯穿我所有作品始终的情感基调。

四

我从小想当一名作家。我眷恋、敬畏文字。但是，我的编辑出版工作，不允许我有过多的时间写自己的作品，但要求我把更多的优秀作品变成出版物。我把对文字的热爱，寄托在那些优秀的作品中了。

值得骄傲的是，近二十年来，中国最著名的儿童文学作家，他们的重要作品，大都经过我的手送到孩子们手里。比如曹文轩老师的《草房子》《青铜葵花》"纯美"系列；比方黄蓓佳老师的《我要做好孩子》《今天我是升旗手》"倾情"系列；比方金波老师的《乌丢丢的奇遇》《追踪小绿人》"我喜欢你"系列；包括张之路、秦文君、沈石溪、杨红樱、汤素兰、金曾豪、殷健灵等老师的作品，包括周国平、毕淑敏、王跃文等老师的作品，我都担任过策划或责任编辑。

在曹文轩老师著名作品《青铜葵花》的审稿意见上，我作为策划者、终审，这样写——

骨子里的优美是真优美。

骨子里的忧伤是真忧伤。

用乐观的目光看苦难是大苦难。

用苦难中的心境看快乐是大快乐。

作者沉稳而飘忽地道来,那场景,那人物,那日子,便如同水一般流淌出来,不事张扬,却又有着跳动的浪花以及似有似无的声响,这是灵魂的声音。

故事在感觉中展开,细密而疏朗。

感觉沉浸在故事里,孤寂而灵动。

人物,就在故事和感觉中站立起来,一路走来。

看似在昨天,又似乎在当下。

看似在当下,又确实在昨天。

而又似乎可以看到,这人物和我们一路同行。

有悲悯的情怀是大情怀。

有苦难的岁月是大岁月。

一片生机。

一片感动。

在周国平老师著名作品《宝贝,宝贝》的推荐会上,我作为策划者、责任编辑,这样说——

无论这个世道多么繁杂、浮躁和功利,总有人洁雅、沉静和单纯。这就像河边的一株芦苇。

这种人不是很多,但我们这个时代不可或缺。

周国平先生就是这样一株芦苇。他曾以《妞妞——一个父亲的札记》,让无数读者潸然泪下。现在,捧出了《宝贝,宝贝》,又将使无数的人感动。

能感动人的人,往往不动声色。但是,在不动声色的背后,是柔弱的坚硬、痛楚的欢歌和感伤的美丽。

国平先生面对的是生活中的琐事。有文学功底的人,完全能把琐事写得有情趣和情调,但既有文学功底又有哲学造诣的人,还能把琐事写得有情智和情理。《宝贝,宝贝》让我们看到了满纸的生动和满腔的情怀。真所谓:细微之处,深藏大义,深藏大爱。

感谢国平先生。这个时代因为有了他,时代就有了丰富性。而我们的精神,也多了一个好去处。

因此,我愿意这样说:在树木参天,或者绿草如茵的今天,国平先生是一株芦苇,洁雅、沉静和单纯,而且会思想,会说话。

基于此，我倾情推荐周国平先生的《宝贝，宝贝》——一部父爱史诗，一部生命神曲！

金波老师的"我喜欢你"系列，我作为策划者、终审，写了1万7千字的营销方案……

我是把我的创作欲望，倾注到我策划、责编的作品当中了。这是属于我的幸福。我愿意大家能感觉到我的幸福，我也愿意将这种幸福，与大家分享。

五

我曾经写过一篇《心存感激》的文章——

深秋的时候，我去一所乡镇的中心小学。
见面会安排在镇上的大会堂。这是一座典型的二十世纪六十年代大会堂建筑：棚顶，泥地；长长的木条当凳子；最前面是一个舞台，地板踩上去吱嘎响，脏迹点点的白幕上挂着好几个窟窿；灯泡几个亮着，几个暗着……

老师和同学们早就到了。看见有人来，他们慌忙起身，拼命鼓掌。我看到男老师穿着劣质西装，衬衣领扣得很紧，近似于布条的领带像一个圈套，把他们的脖子都扎细了。这样庄重而不经常的打扮，让他们很兴奋和羞怯。我看到女同学们一定是刚梳过头，头发向后扎着，把头皮拉得紧紧的。除了笔和本子，个别同学手上还有一袋在城市只值五分钱的葵花子。这大概是家境好的同学最好但不经常的零食。

我开始讲课。这里远离城市，省城不起眼的事情，对他们来说都是了不得的新闻。但我不愿意讲这些，我不肯让他们在好奇之后有任何自卑。我讲我对语文的看法，讲如何学好语文，讲怎样写好作文，讲我的长篇小说《芝麻开门》……我告诉同学们，我是地地道道的乡村的孩子，家境比他们更艰难；我还告诉同学们，只要努力，乡村的每一条田埂，都通向一个美好的前程……

掌声一阵接一阵的。

讲课后，老师和同学们自发地排队，请我签名。我签名许多场了，但眼前的情景让我吃惊：他们拿着各种不同类型的书，有我们出版社的，有其他出版社的，有教材，有普通读物，也有薄薄的一张纸。这时候，一个清瘦的男孩提的黑色塑料袋掉在地上，发出

一星灯火
YI XING DENG HUO

"咣"的一响。他立即蹲下去,宝贝似的拿出来看看。我看见那是饭盒,里面浅浅的一层饭只吃了一半,还有一筷子大白菜。我问:"小朋友没吃饭啊?"他抬起清明的眼睛说:"不是,家里人也要吃的啊。"我的心猛一紧:他是要省下来带回家。

　　见面会结束了。

　　车出镇子,就是田野。天地间一片暮色。我看到老师已经解开衣扣,领带提在手上;我看到同学们已经敞开了衣服,书包在他们背后跳着。他们分成几路,沿田埂大踏步向前,风把他们的衣服吹向身后,像一只只翅膀。他们向东,东面已经接近黑了,远处有几盏灯火;他们向西,西面还有浅浅的白,远处有几柱炊烟。我知道,灯火和炊烟下是他们的家。我的心忽然猛烈地跳动着:我视察似的来了一下乡村,回到城里,有宾馆还有酒席,而他们——我父老兄弟的孩子,仍然是不富裕的生活,但是,他们在看我们的书。

　　我潸然泪下。

　　回到城里,我把所见告诉我的同事,然后我说:应该对亲爱的读者心存最起码的感激之情啊!有此心,我们就会慎重对待每一本图书,让我们的书成为他们向上的台阶!

编书、写书,一个是我的工作,一个是我的爱好。

书,好好编;书,好好写。这是我对自己的要求。

1996年年底,我在编辑黄蓓佳的著名儿童小说《我要做好孩子》时,曾提出"优秀的儿童文学作品适合一家人共同阅读"的口号。我认为,只有儿童文学,才能做到这一点。比如,一本《安徒生童话》,胎儿可以接受胎教,出生后不认识字可以看图,长大一些后可以阅读文字。即使是一个70岁的老人,手上拿一本《安徒生童话》,也没有人会大惊小怪。既然儿童文学可以做到这一点,那作家、出版社就要向这方面努力,读者也有理由期待。花很少的钱,买回一本书,一家人共同阅读,这是非常快乐、非常幸福的事情。

我渴望这种快乐和幸福。

我知道,多少个家庭也在渴望这种快乐和幸福。

写到这里,我想到我和一个小朋友的对话——

"叔叔,你希望有人敲门吗?"

"希望。"

"那我去敲门,你会开门吗?"

"当然开门。"

"我要是晚上敲门呢?"

"我讲故事给你听,你讲故事给我听。"

"那——我怎么才能找到你呢?"

"我就在书中等你。"

我就在书中等你——这是我与小朋友和大朋友的约定。

我贪婪写字的感觉
（后记）

  我的工作一直很忙。但是，再忙，我也会尽量每天写一些文字，即使常常过了半夜。有感就发，是我的一个习惯。

  这样的习惯养成，始于小时候。

  我的爷爷，青年之前，是地道的农民。青年一过，不知道受什么触发，他离开了田埂。他走到街上，蹲着，膝盖上支一个竹筛。一个高大的人，卖不起眼的针头线脑。大家不解、不屑。但是，他把筛子发展成竹匾，再发展成柜台。于是他有了一些钱。他有了钱，让大儿子——我的爸爸读师范。人总要识字的，要识字就会请教师。他让小儿子——我的叔叔学医。人总是要看病的，要看病就会找医生。教师、医生，不像农民那样面朝黄土背朝天，可以吃一碗轻松的饭。

  然后，爷爷设计我。他希望祁门长孙吃文字饭。无论是在冬天兴修水利的工地，还是在一年四季的田野，都有口袋里装本子、耳朵上夹笔的人。他们像视察一样,到工地、农田转一圈,然后回到屋子里写字。屋子遮风避雨。老人家觉得,做这个事,比当教师、做医生还要轻松。

　　老人家最终没看到我写几个像样的字。我刚受启蒙,他就去世了。但他的愿望留了下来。小时候,我想当兵、当炸爆米花的、当拖拉机手。这些梦想都是一会儿工夫,很快,就坚定地想当一个作家。

　　多少年过去。我已经记不得爷爷,只记得他身影的高大。但是,爷爷给子孙规划的道路,横亘在我的眼前,清晰而宽阔。我写字的时候,总感到爷爷把着我的手,他呼出的热气让我的耳后发热。我贪婪这样的感觉,就让这样的感觉,填满我工作之外的每一个空间。

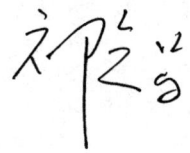

图书在版编目(CIP)数据

一星灯火 / 祁智著. —— 南京：江苏凤凰少年儿童出版社，2016.9
ISBN 978-7-5584-0115-2

Ⅰ.①一… Ⅱ.①祁… Ⅲ.①散文集－中国－当代 Ⅳ.①I267

中国版本图书馆 CIP 数据核字(2016)第 210427 号

书　　名	祁智"芝麻开门"成长书系-一星灯火
著　　者	祁　智
责任编辑	郁敬湘　钟小羽
装帧设计	蔡　蕾
出版发行	江苏凤凰少年儿童出版社
地　　址	南京市湖南路1号A楼，邮编：210009
印　　刷	江苏凤凰新华印务集团有限公司
开　　本	890 毫米×1240 毫米　1/32
印　　张	6.875　插页 3
版　　次	2017年3月第1版
2024年4月第5次印刷
书　　号	ISBN 978-7-5584-0115-2
定　　价	20.00 元

(图书如有印装错误请向出版社出版科调换)